ACCOUPLÉE À LA BÊTE

PROGRAMME DES ÉPOUSES
INTERSTELLAIRES: TOME 6

GRACE GOODWIN

Accouplée à la bête

Copyright © 2018 by Grace Goodwin

Tous Droits Réservés. Aucune partie de ce livre ne peut être reproduite ou transmise sous quelque forme ou par quelque moyen que ce soit, électronique ou mécanique, y compris photocopie, enregistrement, tout autre système de stockage et de récupération de données sans permission écrite expresse de l'auteur.

Publié par Grace Goodwin as KSA Publishing Consultants, Inc.
Goodwin, Grace

Prise par ses partenaires

Dessin de couverture 2020 par KSA Publishing Consultants, Inc.
Images/Photo Credit: Deposit Photos: ralwel, Improvisor

Note de l'éditeur :
Ce livre s'adresse à un *public adulte*. Les fessées et toutes autres activités sexuelles citées dans cet ouvrage relèvent de la fiction et sont destinées à un public adulte. Elles ne sont ni cautionnées ni encouragées par l'auteur ou l'éditeur.

BULLETIN FRANÇAISE

REJOIGNEZ MA LISTE DE CONTACTS POUR ÊTRE DANS LES PREMIERS A CONNAÎTRE LES NOUVELLES SORTIES, OBTENIR DES TARIFS PREFERENTIELS ET DES EXTRAITS

Cliquez ici

1

Sarah, Centre de Recrutement des Epouses Interstellaires, Terre

Mon dos et mon front sont en contact avec une surface plane rembourrée, je ressens de la chaleur. Je sens les battements de son cœur sous sa peau en sueur, j'entends un râle de plaisir monter dans sa poitrine. Il mordille la base de mon cou, la sensation est intense et légèrement douloureuse. Un genou écarte mes cuisses, mes pieds touchent à peine le sol. Je suis *agréablement* prise en sandwich entre un homme – très grand et très excité – et un mur.

Ses mains effleurent ma taille et prennent mes seins en coupe, pincent mes tétons dressés. Mon corps fond littéralement sous sa main. Heureusement que le mur et ses grandes mains me retiennent. Il effleure mes bras, emprisonne mes poignets dans sa large main vigoureuse et les maintient au-dessus de ma tête. Je suis bel et bien clouée au mur. Je m'en fiche. Je déteste être malmenée, mais c'est ... oh mon Dieu, c'est complètement différent.

C'est trop bon de baiser contre un mur.

Je n'ai pas envie de tout contrôler, de savoir ce qui m'attend. Tout ce que je sais c'est que j'ai envie qu'il continue. Il est sauvage, indompté et agressif. Sa bite épaisse et chaude se presse contre l'intérieur de ma cuisse.

« S'il te plaît, je gémis.

— Tu mouilles tellement que ça dégouline sur ma cuisse. »

Je me sens toute glissante, les parois de mon vagin se contractent d'excitation.

« Tu veux que je te pénètre ?

— Oui, je pleure, je hoche la tête contre la surface dure.

— Tout à l'heure, tu disais que tu ne m'obéirai jamais.

— Oui. Oui, » je halète, ça va à l'encontre de mes convictions. Je n'obéis jamais à personne. Je me bats seule, avec mes poings ou mes paroles. *Personne* ne me dicte ma conduite. J'en ai soupé avec ma famille, on ne m'y reprendra plus. Mais cet homme... avec lui, je suis prête à tout, même à lui obéir.

« Tu feras ce que je te dis ? » Sa voix est grave et rauque, un mélange d'excitation et domination.

« Oui mais s'il te plaît, *s'il te plaît*, baise-moi.

— Ah, j'adore te l'entendre dire. Mais tu sais que tu

devras apaiser la bête qui sommeille en moi, ma fièvre. Je ne vais pas me contenter de te sauter une fois et te laisser. Je vais te baiser à plusieurs reprises, sauvagement, comme tu le mérites. Je vais te faire jouir, tu ne te souviendras même plus de ton prénom. »

Je pousse un gémissement. « Vas-y. Prends-moi. » Il me parle en termes salaces, je devrais me sentir vexée mais ça m'excite encore plus. « Bourre-moi. Je peux apaiser ta fièvre. Moi et moi seule. »

J'ignore ce que ça signifie mais je *sens* que c'est vrai. Je suis la seule à pouvoir apaiser la rage sourde qui l'habite, je la sens, menaçante, dans ses caresses et ses lèvres douces. Baiser est une échappatoire et je suis là pour ça, c'est mon rôle de l'aider. Ce n'est pas du tout un pensum ; j'ai trop hâte qu'il me saute. J'ai peut-être la fièvre moi aussi.

Il me porte comme si ne pesais rien, je me cambre sous sa poigne, mes seins saillent tandis que je m'agite pour le forcer à me pénétrer.

« Mets tes jambes autour de moi. Ouvre-toi, donne-moi ce que je désire. Offre-le moi. » Il mord doucement le creux de mon épaule et je me tortille d'envie, son torse musclé se frotte contre mes tétons sensibles tandis que sa cuisse pèse contre moi, il me force à le chevaucher, il appuie sans relâche contre mon clitoris sensible afin que je m'abandonne.

Je me sers de lui comme d'un levier, je soulève mes jambes et me colle à lui afin que sa grosse bite frôle mon vagin. Une fois en position, je croise mes chevilles au-dessus de ses fesses musclées et essaie de l'attirer à moi, de m'empaler, mais il est trop gros, trop épais, et je pousse un gémissement frustré.

« Dis-le, partenaire, pendant que je te pénètre. Dis comment je m'appelle. Dis à qui appartient cette bite qui te pénètre. Dis le nom de celui à qui tu obéis. Dis-le. »

Son sexe se fraye un chemin, les lèvres de ma vulve s'écartent sur son passage, ma chatte se dilate. Je sens la chaleur de son érection. Je sens l'odeur musquée de mon excitation, du sexe. Sa bouche titille la peau sensible de mon cou. Je sens sa poigne de fer qui me cloue au mur, je ne peux échapper à ce sexe qui me pénètre violemment. Je le sens en moi, énorme, tandis que je l'enserre entre mes cuisses. Je sens ses fessiers se contracter tandis qu'il me pénètre.

Je rejette la tête en arrière et hurle son prénom, le seul qui importe.

« Mademoiselle Mills. »

La voix est douce, voire timide, ce n'est pas la *sienne*. Je fais comme si je n'avais rien entendu et me concentre sur sa bite qui me pénètre. Je n'ai jamais été dilatée aussi violemment, une légère brûlure se mêle au plaisir provoqué par son gros gland qui fraye son chemin au plus profond de mes zones érogènes.

« Mademoiselle Mills. »

Une main se pose sur mon épaule. Froide. Petite. Ce n'est pas la *sienne* puisque dans mon rêve, elles sont posées sur mes fesses, il les pétrit, les malaxe en m'empalant, en me clouant au mur.

Je me réveille en sursaut et repousse cette main moite inconnue. Je cligne des yeux à plusieurs reprises, la femme devant moi est la Gardienne Morda. Ce n'est pas l'homme de mon rêve. Oh mon Dieu, c'était un rêve.

Je pousse un cri perçant et essaie de reprendre mon souffle tout en la dévisageant.

Elle est bien réelle. La Gardienne Morda se trouve avec moi dans cette pièce. J'étais pas en train de me faire baiser par un mec dominateur et bien monté me susurrant des paroles torrides. Elle fait la tronche d'un chat constipé, elle a peut-être reculé en voyant la tête que je fais. Comment ose-t-elle interrompre *ce* rêve ? C'était la meilleure partie de jambes en l'air que j'ai jamais connue. Bon sang, quel rêve torride. Je n'ai jamais baisé au point de taper la tête contre le mur mais ça donne envie. Mon vagin se contracte au souvenir de cette bite. Mes doigts se languissent du contact de ses épaules. J'ai envie d'enrouler mes jambes autour de sa taille, de planter mes talons dans ses fesses.

C'est dingue ce rêve sexuel. Ici, maintenant. Merde alors, dommage que ce ne soit pas réel. Non, ce qui *est* vexant c'est que je suis censée avoir été recrutée pour partir au front avec la coalition, pas pour jouer une star du X. Je présume que le recrutement comprend une visite médicale, un examen gynécologique, la pose d'un implant contraceptif et des tests psychologiques. J'ai déjà bossé dans les forces armées, mais pas dans l'espace. Qu'est-ce que ça change ? Pourquoi la coalition me forcerait à faire un rêve érotique ? Parce que je suis une femme

? Ils veulent s'assurer que je ne vais pas me taper un collègue ? C'est absurde, mais alors pourquoi ce rêve torride ?

« Quoi ? » aboyais-je, furieuse qu'on m'ait ôté mon plaisir, gênée qu'elle me voit dans cet état.

Elle tressaille, visiblement pas habituée à ce que de nouvelles recrues se rebiffent. C'est bizarre, vu qu'elle en voit tous les jours. Elle *a* dit qu'elle était nouvelle à ce poste au centre de recrutement, mais j'ignore depuis quand elle y est. C'est bien ma chance, ce doit être son premier jour.

« Désolée pour le dérangement. » Elle parle d'une voix douce. On dirait une souris. De longs cheveux bruns ternes. Pas de maquillage, son uniforme lui donne un teint pâle. « Le test est terminé. »

Je regarde autour de moi en fronçant les sourcils. J'ai l'impression d'être chez le médecin avec ma blouse d'hôpital estampillée d'un motif rouge répétitif sur un tissu rêche. Le fauteuil ressemble à celui d'un dentiste mais les courroies qui enserrent mes poignets ne sont pas des plus agréables. Je tire dessus, je teste leur résistance mais elles ne bougent pas d'un pouce. Je suis bloquée. Et je n'aime pas ça du tout. Ça me rappelle le rêve où j'avais les mains clouées au-dessus de la tête, sauf que dans le rêve, c'était chouette. Vachement chouette. Excepté qu'il m'a demandé de lui obéir, de le laisser gérer. Ça ne rime à rien, je *déteste* déléguer. C'est moi qui conduis quand je sors avec des amis. C'est moi qui organise les fêtes d'anniversaire. Je fais les courses pour ma famille. J'ai un père et trois frères, tous exigeants. Ils m'ont élevé dans le même esprit mais ne se sont jamais permis de me donner des ordres. Ils m'ont harcelée, enquiquinée et mené la vie dure à chaque fois qu'un mec s'intéressait à moi. Ils se sont enrôlés dans l'armée et j'ai suivi le mouvement. J'adore commander, comme eux.

Mais je me sens piégée avec ces foutus liens. Piégée, sans aucune échappatoire. Je lance un regard noir à la gardienne.

Elle se redresse, on dirait qu'elle a grandi d'un ou deux centimètres.

« Le test est terminé ? Et mes aptitudes au maniement des armes ? Le combat à mains nues ? Le pilotage ? »

Elle se lèche les lèvres et se racle la gorge. « Vos... hum... je suis sûre que vos aptitudes sont impressionnantes, mais vu que le test est terminé, on va... en rester là. »

Je suis une combattante chevronnée, j'ai des années d'expérience, probablement plus que la plupart des recrues de la coalition. J'en déduis que leurs tests sont des simulations telles que celle que je viens de subir, ça me paraît bizarre, ça peut être plus rapide que de tester des soldats sur leurs aptitudes au tir ou en vol. Ce rêve sexuel est un nouveau test ? Je ne suis pas nymphomane mais je ne vais pas non plus cracher sur un mec s'il est canon. Y'a une grande différence entre baiser et combattre. A quoi ça peut leur servir de connaître mes préférences sexuelles ? Ils croient qu'une humaine ne résistera pas à un extraterrestre canon ? Merde alors, j'ai toujours fréquenté des mecs canons. Résister n'est absolument pas un problème.

A moins qu'ils essaient de prouver que j'ai un problème parce que je suis une femme qui s'est fait dominer et clouer contre un mur par un mec excité et bien membré ? Il n'a pas été violent. Je n'ai pas eu peur. J'ai eu envie de lui. Je l'ai *supplié*. Y'a pas eu d'explosions, sauf que j'ai failli jouir quand il m'a pénétré à fond. Je contracte les muscles de mon vagin, la réminiscence de ce rêve me donne envie de sentir le sperme de cet homme immense en moi.

A mon tour de m'éclaircir la gorge.

On frappe un coup sec à la porte, la gardienne pivote sur ses talons de feutre.

Une autre femme entre, elle porte un uniforme identique, sûre d'elle, elle a l'air de s'y connaître.

« Mademoiselle Mills, je suis la Gardienne Egara. Je vois que votre test est terminé. » La gardienne Egara est une brune aux yeux gris avec le port d'une danseuse. Ses épaules sont carrées, son corps mince et musclé. Elle est bien élevée, raffinée, sûre d'elle. Tout l'opposé de ce avec quoi j'ai grandi. La gardienne jette un coup d'œil sur tablette. Je présume qu'elle est satisfaite, mais elle ne laisse rien paraître.

Je lui souhaite ne serait-ce que la moitié de ce que je suis en train de subir et la regarde d'un sale air. « Vous pouvez me dire pourquoi je suis attachée ? »

Tout ce dont je me rappelle c'est d'être assise loin de la petite souris—tapie près de la gardienne—et que de prendre un petit comprimé dans sa main. Je l'avale avec un verre d'eau dans un gobelet en papier. Je suis nue sous ma blouse—je sens mes fesses nues sous le plastique rêche—et attachée. Je n'ai pas à porter cette ridicule blouse d'hôpital, mais un uniforme de guerrier en tant que combattante de la coalition.

La gardienne me regarde et m'adresse un sourire de circonstance. Tout en elle est professionnel, exceptée la souris.

« Certaines femmes ont des réactions disproportionnées lors du test. Les sangles sont là pour assurer votre sécurité.

– Donc vous pouvez me libérer maintenant ? »

Je ne me sens pas libre de mes mouvements avec les mains liées. En cas de danger, je pourrais toujours toucher mon agresseur puisque j'ai les jambes libres mais ils risquent de se rincer l'œil si je lève la jambe.

« Quand on aura terminé. Le protocole l'exige, » ajoute-t-elle, comme si ça changeait quelque chose.

Elle s'installe à la table face à moi, la souris prend place à ses côtés.

« Nous avons quelques questions à vous poser, Mademoiselle Mills. »

J'essaie de ne pas lever les yeux au ciel, l'armée est très à cheval sur la paperasse et l'organisation. Il ne serait pas étonnant qu'une entité militaire censée gérer plus de deux cents planètes membres me pose des questions qu'on ne m'ait jamais posé. Lors de mon incorporation dans l'armée américaine, la paperasse a duré des jours, et il s'agissait d'un petit pays, sur une petite planète bleue parmi des centaines d'autres. Merde alors, pourvu que les extraterrestres de la coalition ne mettent pas deux mois.

« D'accord, » répondis-je, j'ai hâte que ça se termine. Je dois retrouver mon frère, le temps presse. Chaque seconde passée sur Terre est une seconde pendant laquelle mon taré de frère peut faire des conneries et se faire tuer.

« Vous vous appelez bien Sarah Mills ?

– Oui.

– Vous n'êtes pas mariée.

– Non.

– Pas d'enfants ? »

Je lève les yeux au ciel. Je ne m'engagerais pas en tant que volontaire en service actif pour combattre la Ruche au fin fond de la galaxie si j'avais des gosses. J'ai signé pour m'engager pour deux ans et je n'ai pas d'enfants. Malgré la promesse faite à mon père sur son lit de mort.

« Non. Je n'ai pas d'enfants.

– Parfait. Vous avez été affectée sur la planète Atlan. »

Je me renfrogne. « C'est pas sur le front. » Je sais où se déroulent les combats puisque mes deux frères, John et Chris, sont morts dans l'espace et que Seth, mon frère cadet, est au combat.

« C'est exact. » Elle regarde derrière moi, comme si elle réfléchissait, dans le vague. « Si mes connaissances en géographie sont correctes, Atlan est à environ trois années-lumière de l'avant-poste le plus proche de la Ruche.

– Et qu'est-ce que je vais faire là-bas ? »

La gardienne me dévisage d'un air courroucé. « C'est de là qu'est originaire votre partenaire. »

Je reste bouche bée et regarde la femme, mes yeux sont si exorbités qu'ils vont sortir de leurs orbites. « Mon *partenaire* ? Qu'est-ce que je vais faire d'un partenaire ? »

2

arah

Mon air surpris et mon expression délibérément choquée sont une nouveauté pour cette femme. Elle zieute la souris et me regarde. « Eh bien, hum ... vous êtes ici dans le cadre du recrutement et des tests du Programme des Epouses Interstellaires. Une femme met parfois du temps à se remettre du test et peut se réveiller... quelque peu perplexe. Toutefois, aucune femme n'a jamais oublié la raison de sa présence ici. Je trouve vos questions inquiétantes. Vous vous sentez bien Mademoiselle Mills ? » Elle s'adresse à la souris. « Appelez en bas. Je pense qu'on va lui refaire un scanner cérébral.

– J'ai pas besoin d'un scanner. » Je me redresse et lutte

contre mes liens mais impossible de bouger. Les deux femmes se redressent sur leurs chaises tandis que je me débats et je poursuis. « Je me sens bien. Je pense qu'elle—j'ouvre mon poing et indique la souris, qui se mord la lèvre et agrippe le bord de la table, —a fait une grosse erreur. »

La gardienne Egara ne se laisse pas démonter et pianote sur sa tablette. Une minute se passe puis deux. Elle me regarde. « Vous vous appelez Sarah Mills et vous vous êtes portée volontaire en tant qu'épouse dans le Programme des Epouses Interstellaires. »

Un gros rire m'échappe. Heureusement que je *suis* attachée. « Hors de question. J'ai absolument pas besoin d'un mec. J'ai grandi avec trois frères et un père super protecteur qui n'arrêtaient pas de fourrer le nez dans ma vie privée. Ils étaient autoritaires au possible et décourageaient le moindre mec ayant la moindre *envie* de me sauter. » J'ai appris à ne pas *tout* divulguer, y compris concernant les mecs, ma famille n'est pas au courant de tout. « Pourquoi aurais-je besoin d'un partenaire sur Terre ?

– Il ne se trouve pas *sur* Terre, » articule la souris.

La Gardienne Egara se tourne et adresse un regard meurtrier à la souris. Je ne connais pas beaucoup de femmes dans le civil ayant un regard pareil. Apparemment, la gardienne est une pro.

« Que faites-vous là alors ? » La gardienne retourne son attention vers moi d'un air interrogateur, comme si elle cherchait à résoudre une énigme.

« J'aimerais bien savoir *où* on est, je me suis portée volontaire sur Terre pour intégrer le corps des combattants de la coalition.

— Mais vous êtes une femme, » réplique la souris, en ouvrant de grands yeux.

Je me regarde et réponds. Je suis costaud et pas mince du tout. Je suis charpentée et je passe des heures en salle de muscu, comme la majeure partie des mecs du régiment. Je suis bien en chair, j'ai des hanches et de la poitrine en dépit de mes séances de muscu intensives, impossible de me prendre pour un homme. « Oui, mes frères se sont toujours faits un plaisir de me le rappeler. »

Je pense à eux, deux d'entre eux sont morts désormais et le dernier combat la Ruche au fin fond de l'espace. J'ai toujours détesté qu'ils me tannent mais John et Chris maintenant morts, je donnerai tout—y compris combattre la Ruche—pour entendre Seth me taquiner. Seth est toujours en vie, quelque part. Je vais le retrouver et le ramener chez nous. C'est ce que mon père voulait, je le lui ai promis avant sa mort.

« Très peu de femmes s'enrôlent. » La souris a la bougeotte, son genou gauche tressaute comme un plongeoir.

« C'est faux, répond la gardienne d'une voix sèche et furieuse. C'est votre deuxième jour de travail et vous ignorez de nombreux points. Quelques Terriennes se sont portées volontaires pour combattre la Ruche. Mademoiselle Mills, acceptez nos excuses.

— Merci. » Mes épaules se relâchent, je suis soulagée,

je peux enfin respirer. Je n'ai pas envie ou besoin d'un partenaire. Je n'ai pas envie d'aller sur Atlan. Je veux et je dois tuer les créatures qui ont tué mes deux frères. Mon père se retournerait dans sa tombe s'il apprenait que j'ai fui cette guerre parce que je suis une faible femme qui a besoin d'un homme pour veiller sur elle. Ce n'est pas comme ça qu'on m'a élevée. Mon père et mes frères m'ont appris à me gérer, ils s'attendent à mieux me concernant. « Je pars quand ? Je suis prête à combattre la Ruche. »

Je sais que la majeure partie des femmes sensées me prendraient pour une folle. Qui refuserait l'homme idéal, un partenaire dévoué corps et âme jusqu'à la fin de mes jours, un homme fort qui me donnerait un foyer et des enfants, pour préférer le combat et une mort certaine ?

Moi, sans aucun doute.

« Vous êtes affectée sur Atlan, explique-t-elle. Le test est terminé. Votre partenaire sera choisi parmi un panel d'hommes disponibles issus de la planète Atlan correspondants à votre profil psychologique, conformément au test du programme de recrutement. C'est un peu différent—

– Non. Mais— » l'interrompis-je, mais elle n'a pas terminé.

Elle soupire et tend la main pour éviter que j'en rajoute. « Vous seriez transportée sur une autre planète sans votre consentement. J'espère ne pas devoir en arriver là.

– Non. Bien sûr que non, répliquais-je très distinctement. Je n'ai pas besoin d'un homme extraterrestre, d'un... *partenaire* qui me dise ce que je dois faire.

– Un commandant, un homme vraisemblablement, vous dictera votre conduite pendant les deux prochaines années, » ajoute la souris.

Elle a raison, mais je ne vais pas le lui dire. Et puis il y a une sacrée différence entre un partenaire qui, conformément aux lois de la coalition, aura légalement le droit de jouer au petit chef pour le restant de ses jours et un commandant qui ne fera plus partie de ma vie dans deux ans. « Je ferai tout ce qui est en mon possible pour retrouver mon frère. L'*unique* frère encore en vie après ce combat avec la Ruche. Je l'ai promis à mon père et *rien* ne m'empêchera de tenir ma parole. »

Les deux femmes me regardent les yeux ronds, visiblement surprises par ma véhémence. Je suis pas là pour coucher. Je veux retrouver Seth et tuer un maximum de combattants de la Ruche pour venger John et Chris. La Ruche n'a pas tué mon père à *proprement parler*, mais la mort de mes frères a certainement hâté sa fin.

« Très bien, répond la gardienne en effleurant sa tablette du doigt, ce qui apaise mes craintes. Puisque nous n'avons pas votre accord pour vous enrôler en tant qu'épouse, vous êtes libre de rejoindre le centre de test du Bataillon de Combat Interstellaire et amorcer la phase de recrutement. »

Je me frotte les poignets. « Alors j'ai fait tout ça pour rien ? Je dois tout recommencer depuis le début ? »

Elle soupire. « J'en ai bien peur. Je suis désolée.

– Tout va bien puisqu'on a résolu ce problème de partenaire. » Je connais les raisons qui se cachent derrière ce rêve sexuel. L'espace d'un instant, je me suis vue comme une femme vicieuse qui ne me ressemble pas. Ça me soulage de découvrir que ce n'est pas ma faute. Je n'ai rien fait pour ramener ce fantasme sexuel à la surface.

Je pivote et pose mes pieds sur le sol froid. Mes jambes tremblent mais je refuse de savoir pourquoi. Pourquoi le fait d'avoir un partenaire dominateur m'effraie plus que d'inhumains cyborgs extraterrestres sans pitié ?

Et d'abord, si un cyborg m'emmerde, je lui arrache la tête. Mais un partenaire ? Eh bien, je serais furax, obligée de le supporter, telle une cocotte-minute, sans pouvoir relâcher la pression... Et, Dieu sait que j'ai un sacré caractère. Ça m'a coûté bien des ennuis, et pas qu'une fois. Mais ça m'a toujours sauvé la vie. Seth me bassine toujours avec ça, il dit que je dois certainement être immortelle parce que je suis trop entêtée pour mourir.

« Je vous escorterai personnellement afin de m'assurer que vous arriviez au bon endroit cette fois-ci. » La gardienne me parle en regardant la souris qui s'agite. « Et que *tous* les protocoles soient suivis à la lettre. »

J'adresse un petit sourire à la souris. « Ne soyez pas trop dure avec elle. Elle est nouvelle. Et j'ai fait un super rêve. »

Ça oui alors. Si le mec auquel j'ai été accouplée ressemble un tant soit peu à ce grand amant vigoureux du rêve... mes tétons durcissent rien qu'à l'idée.

La gardienne arque un sourcil. « Vous pouvez encore changer d'avis, Mademoiselle Mills. Mais il ne s'agissait pas d'un rêve, il s'agit de l'expérience vécue par une autre épouse du centre de recrutement pendant sa cérémonie d'accouplement avec un homme Atlan.

– Une expérience vécue ? »

La gardienne rougit, ses joues se parent d'un rose pâle tandis que j'essaie de comprendre ce à quoi elle fait référence *exactement*.

« Oui. On lui a implanté un neurostimulateur quand elle a été envoyée ici. Le même que ceux des combattants de la coalition. » Elle tapote son crâne au niveau d'une petite protubérance sur sa tempe. « Ça vous permettra d'apprendre et de vous adapter à toutes les langues de la Coalition Interstellaire.

– Je pourrais parler à n'importe qui ?

– Oui. Mais ce n'est pas tout. » Elle regarde ailleurs et me fixe à nouveau. « Lorsqu'une épouse est pénétrée par son partenaire, les capteurs sensoriels, auditifs et… tactiles, la gardienne se racle la gorge, l'enregistrent. On s'en sert pour stimuler intellectuellement les nouvelles épouses afin de déterminer leur adaptabilité aux hommes et aux coutumes de la planète."

Nom de Dieu. « Alors c'était pas un rêve. J'ai vécu ça via les *souvenirs* d'une autre ? Ça s'est réellement déroulé ? »

La gardienne sourit. « Oh, oui. Exactement comme vous l'avez vécu.

– Comme l'autre femme ?

– Oui. » »

Ouaouh. Sachant ça, je ne sais que faire. Ça voudrait dire que tous les hommes de la planète Atlan sont aussi dominateurs que celui du rêve ? Il a parlé d'une sorte de fièvre, une rage que moi seule—la femme du rêve—pourrait dompter. Ça veut dire qu'elle le fait bander ? Si ça me fait ça avec un simple rêve, j'essaie d'imaginer ce que ça doit être en vrai. Mon Dieu, cet homme ne ressemble à aucun Terrien que j'ai connu. C'est le rêve le plus torride que j'ai jamais vécu, plus encore qu'en couchant avec un mec.

Mais *c'était* un rêve, pour moi du moins. Je dois l'oublier. C'était une erreur. Je vais combattre pour la coalition. Je dois trouver Seth. Je n'ai pas le temps de penser à la débauche. Au désir nu et cru. Je songe aux cyborgs que je dois tuer et mes tétons durcissent. Le devoir avant tout. C'est tout simplement inacceptable. Le devoir avant tout. Ma libido refoulée attendra que mon frère rentre sain et sauf. Je dois le retrouver, combattre à ses côtés et terminer la mission qu'on nous a confiée. *Ensuite,* on pourra rentrer chez nous.

Je lève les yeux, la gardienne m'observe attentivement. « Vous pouvez encore changer d'avis, Mademoiselle Mills. Vous seriez accouplée à un guerrier Atlan. Il serait tout à vous, complètement en phase avec votre profil psychologique et vos préférences. Il vous serait totalement dévoué, loyal, parfait, à tous points de vue. »

Je me souviens des violents coups de boutoir de l'homme, de mes gémissements tandis qu'il me baisait contre le mur. Cette attirance absolue, cette envie folle de me sentir désirée. C'est à ma portée. Je pourrais avoir un bel amant bien brutal rien qu'à moi—

Non. Hors de question. Je ne vais pas laisser mes hormones prendre le dessus. J'ai un plan, un but. Je dois retrouver Seth. Je n'ai pas *besoin* d'un mec canon bien monté qui va me faire jouir comme une folle en me pilonnant comme un possédé. Je soupire. Besoin ? Non. Mais *l'envie*…

Merde. Concentre-toi ! *Le devoir avant tout.* Je ne dois pas faiblir. Je n'ai plus qu'un seul frère. Un seul.

« Je ne veux pas de partenaire, gardienne. Je veux simplement aller au front et combattre auprès de mon frère. J'ai promis à mon père de veiller sur lui et qu'il rentrerait sain et sauf. »

Elle soupire, visiblement déçue. « Très bien. »

Dax, Cuirassé Brekk, Secteur 592, Le Front

« Trouvez une partenaire à ce soldat, » aboie mon commandant, il me pousse dans le dispensaire du Cuirassé Brekk au moment où les portes s'ouvrent.

Tous les travailleurs se retournent en entendant l'ordre tonitruant résonner parmi les tables d'examen dures et stériles et les écrans recouvrant presque entièrement les murs. Un flot continu de données médicales, de bio-scanners, de résultats de tests de patients s'affichent sur les surfaces.

Un homme en uniforme gris de médecin surgit. « Nous allons prendre rendez-vous—

– Tout de suite ! hurle le Commandant Deek. A moins que vous ne préfériez qu'un Atlan en furie ne réduise ce vaisseau en miettes. »

Le médecin du travail fait un salut et hoche la tête, la doctoresse prend la relève. Elle porte l'uniforme vert des docteurs gradés mais elle est petite et fragile, pas assez grande pour m'arrêter si je devais piquer une crise. Je me fais violence pour réprimer ma fureur envers cette femme fragile, heureusement que l'immense docteur Prillon que je surveille du coin de l'œil à l'autre bout du dispensaire n'est pas devant moi. Ma réaction envers cette femme en dit long. Le Commandant Deek a raison. Il me faut une partenaire pour calmer la bête. Non pas que l'idée me ravit.

« Y'a pas d'urgence, » grommelais-je, j'ai pas envie d'être le centre de l'attention. Ma voix rauque indique que je suis proche de l'explosion. J'attends cette partenaire depuis des semaines et j'en ai pas fait cas. Il y avait toujours un autre combat à mener, un autre avant-poste de la Ruche à détruire. J'ai une mission à accomplir et mon corps ne m'en laisse pas le temps. Ma bite et mon esprit n'aspirent qu'à une chose : une partenaire, baiser, niquer jusqu'à en perdre la raison. J'ai besoin d'une partenaire pour calmer la bête, avant que la bête ne me réduise à l'état d'animal sauvage. Tout le monde va savoir maintenant à bord du vaisseau que j'ai besoin de me poser. M'accoupler ou mourir. C'est ainsi que ça marche pour un Atlan. Nous sommes trop puissants pour nous permettre de devenir sauvages. Si je ne m'accouple pas très bientôt, les autres guerriers Atlan m'exécuteront, ils en ont le droit.

Je le sais bien, mais il y a quelques semaines de cela, je croyais vraiment pouvoir me débarrasser de cette fièvre de l'accouplement. Mon service en tant que militaire de la coalition a servi à quelque chose. Je suis libre de choisir n'importe quelle femme sur la planète. Je serais un vainqueur, les femmes les plus désirables, brillantes et splendides me courraient après. Si seulement je pouvais rentrer chez moi.

« J'aurais pas eu besoin d'effrayer le personnel si vous m'aviez dit que vous aviez contracté la fièvre de l'accouplement, » réplique-t-il en lâchant mon épaule.

« Je ne vois pas ce que ça à voir avec ma performance lors du dernier raid. J'ai géré la crise.

– Vous avez déboulé en pleine séance de tirs et démantelé à vous seul un escadron entier d'éclaireurs de la Ruche. Vous n'avez pas simplement tué les deux derniers. Non, votre bête a exigé qu'ils soient décapités. » Il croise les bras et me jette un regard glacial. « Je ne suis pas un ignorant Commandant Trion. Je suis un Atlan. Je connais les signes, Dax. Votre bête vous a presque fichu dehors aujourd'hui. Il est plus que temps. »

Je regarde les paumes de mes mains. Je suis mortel comme n'importe quel Atlan, sauf que je n'ai jamais ressenti une telle poussée de violence. Les Atlan sont des combattants redoutés, connus pour être froids, calculateurs et extrêmement puissants. Aucun guerrier Atlan — du moins parmi ceux non concernés par la fièvre de l'accouplement—ne démembrerait un combattant de la Ruche —ou trois— combattant à mains nues. Ce serait perçu comme une pure perte d'énergie. Mais aujourd'hui, la vue de mes ennemis a déclenché en moi une pulsion incontrôlable... ce *besoin* impérieux et bestial de les couper en deux. C'est ce que j'ai fait.

J'ai remarqué que ma haine n'a fait que croître ces dernières semaines, mais j'ai refusé d'y voir un signe de la fièvre de l'accouplement. La fièvre de l'accouplement s'est emparée de moi environ deux ans après la majorité des hommes ici, je n'y pensais même plus.

« Vous devriez plutôt me remercier pour la quantité de cadavres plutôt que de vous occuper de me trouver une extraterrestre. »

Il me pousse dans la direction indiquée par la doctoresse, un autre membre d'équipage a préparé le fauteuil nécessaire au test à mon attention. Le Commandant Deek la remercie et me pousse vers le fauteuil après avoir terminé avec ses autres patients. « Je vous remercierai une fois que vous serez accouplé et que je n'ai pas à vous exécuter parce que vous avez perdu votre sang-froid. » Je m'attendais à le voir sourire, la satisfaction de la victoire partagée. « Je dois avouer que je serai désolé de vous voir partir. »

Un homme ayant la fièvre de l'accouplement est

immédiatement délivré de ses obligations et renvoyé sur Atlan pour trouver une partenaire. Son combat contre la Ruche prend fin. La nouvelle mission de cet homme est de procréer, de mettre enceinte sa nouvelle partenaire, comme un animal.

Prendre sa retraite et fonder une famille alors qu'il y a encore des avant-postes de la Ruche à combattre ? Non. Je n'en ai pas la moindre envie. Ma place est sur le front, à décapiter mes ennemis et protéger mon peuple. Je n'ai pas besoin d'une partenaire, ni d'une descendance. Ma vie me convient. Je suis un guerrier. Que ferais-je d'une partenaire ? Je la suivrai comme un ado éperdu, elle me branlerait, je perdrai un temps précieux à essayer de convaincre une femme extraterrestre de ne pas avoir à me craindre, ni ma bête ? Pourquoi moi ?

Lorsqu'un Atlan se métamorphose en bête, ses muscles doublent pratiquement de volume, ses dents s'allongent et deviennent des crocs, il n'arrive presque plus à parler. Que ferait une femme extraterrestre avec un Atlan transformé en berserk ?

Je dois rentrer chez moi et trouver une femme Atlan qui n'aura pas peur de moi. Une femme que je ne craindrai pas de briser avec ma méga bite et mon désir de domination, de pénétrer avec mon énorme sexe et baiser jusqu'à ce qu'elle s'évanouisse. En pleine période de fièvre d'accouplement, la moindre résistance énerve la bête, tout signe de rébellion ou de désobéissance de la part de la femme est sévèrement puni. Une femme Atlan répondrait facilement à mon besoin de domination, elle mouillerait quand je pousserai mon rugissement et que j'écarterai grand ses jambes pour accueillir ma queue, sachant pertinemment que son corps doux et sa chatte trempée auraient raison de moi. Elle me permettra peut-être de dormir sur sa cuisse, et humer la bonne odeur de son sexe, tandis que je rêverai de la baiser encore et encore.

Mais une femme extraterrestre ? A quoi doit-elle s'attendre ? A un rêveur qui lui envoie des déclarations d'amour et lui offre des bijoux ? Non. Sur Atlan, le fait de bloquer les mains d'une femme au-dessus de sa tête et de la baiser contre un mur *est* une déclaration d'amour. Le cadeau de mariage d'une guerrier Atlan c'est l'attacher et lui lécher la chatte jusqu'à ce qu'elle hurle de plaisir et le supplie de la baiser. Ma bite palpite à l'idée et je me décale, essayant de cacher mon état au Commandant Deek. Je capte son sourcil arqué, sa défaite. *La fièvre d'accouplement. Impossible* d'arrêter de penser à baiser.

« Laissez-moi rentrer. Je trouverai ma partenaire par mes propres moyens, » répondis-je en me laissant tomber dans le fauteuil d'examen. Il est incliné, je m'allonge, croise les bras sur ma taille et fixe le plafond métallique, les mâchoires serrées.

« Vous n'avez pas le temps de faire la cour sur Atlan. Ça prendrait des mois. » Il prend un tabouret au bout de la table et me regarde droit dans les yeux. « Vous serez mort d'ici une semaine si vous ne vous accouplez pas. Vous n'avez pas le temps de rechercher et courtiser une femme Atlan faisant partie du beau monde et susceptible d'être votre partenaire. Pour être franc, votre fièvre vous contraint à vous dépêcher et à envisager la chose autrement. »

Je le regarde, incrédule, les sourcils relevés. « Rechercher et courtiser ? Qui a parlé de côtoyer l'élite ? » J'en ai rien à foutre, une prostituée de la plus basse extraction me suffit, tant qu'elle a la peau douce et qu'elle mouille.

Il lève les yeux au ciel. Les guerriers qui rentrent sur Atlan épousent forcément une femme issue de l'élite. Les guerriers sont très convoités sur Atlan ; riches, influents et respectés. Les femmes disponibles, et leurs pères, s'attendent à une cour en bonne et due forme à mon retour. Je suis un commandant hors-pair, un seigneur de guerre chargé de plusieurs milliers de soldats d'infanterie et d'escadrons de combat. Je ne suis pas un simple soldat qui rentre chez lui. Le sénat Atlan m'accordera les honneurs à mon retour, la richesse, une propriété foncière, je serai un gradé de haut rang.

Le Commandant Deek a raison. En admettant que je rentre chez moi aujourd'hui, je n'aurais pas de partenaire avant des mois. Je n'ai pas de temps à perdre en formalités. Je n'ai pas le temps de courtiser une jolie femme Atlan. Il me faut du vite fait bien fait. J'ai besoin d'une femme que je puisse prendre et baiser, dominer, une femme qui m'apaise. Une femme douce, calme, gentille et fertile, comme les femmes issues de l'élite sur Atlan. Une femme qui pourra apprivoiser ma bête et apaiser ma colère.

Il s'aperçoit que je me distrais et me tape sur l'épaule.

« Ecoutez, Dax. Vous vous accouplerez une seule fois en tout et pour tout, alors faites ça bien. Même s'il faut en passer par une extraterrestre. »

L'idée même d'une partenaire *extraterrestre* est hautement improbable. Mais j'ai pas besoin d'être amoureux. Ok, il s'agit pas que de la baiser, mais de tisser un *lien* afin que ma bête veuille bien se laisser approcher et caresser par les mains douces d'une femme. Ça doit pas être bien compliqué.

« Ok. Vous avez le feu vert, » dis-je, résigné.

Des courroies encerclent mes poignets. Ma bête tempête, elle déteste l'enfermement mais je garde mon sang-froid. Enfin, j'essaye. Je sais qu'il s'agit du moyen le plus rapide pour trouver une partenaire et me focalise là-dessus jusqu'à ce que la bête se calme, aux aguets mais néanmoins patiente.

Le médecin place les capteurs sur mes tempes et appuie sur plusieurs boutons sur les écrans intégrés dans le mur derrière moi. Je m'en fiche complètement. J'ai pas envie de subir une analyse ou d'obtenir des explications poussées. Qu'on en finisse.

« Le test est totalement indolore, Seigneur de guerre Dax, déclare le médecin sans me regarder, tout occupé à son écran. L'accouplement tient compte de différents facteurs, la compatibilité physique, la personnalité, l'apparence, les besoins sexuels, les fantasmes, le comportement sexuel, la génétique et les chances de procréer—

– Commencez, épargnez-moi ces conneries. »

L'homme se tait. Le Commandant Deek est certes

chargé de l'escadron Atlan, mais c'est moi qui commande, tout le monde le sait. Y compris les gens travaillant au dispensaire.

L'homme regarde le Commandant Deek, qui hoche sèchement la tête.

« Très bien. Fermez les yeux... »

———

Lorsque j'ouvre à nouveau les yeux, le Commandant Deek est penché sur moi. Son visage sévère est courroucé, je me demande s'il n'est pas en proie à la fièvre d'accouplement. « Vous devriez peut-être prendre place sur la table.

– Non, grogne-t-il en regardant le médecin derrière moi. L'accouplement a eu lieu ? Ou dois-je renvoyer le Seigneur de guerre Dax chez lui par la prochaine navette ? »

Je cligne des yeux à plusieurs reprises, j'essaie de me souvenir de ce qui s'est passé. Je ne me rappelle pas de grand-chose, hormis les cris de désir de la femme et la sensation agréable d'enfoncer ma bite dans son vagin chaud et humide...

« C'est terminé. L'accouplement a été effectué. » La voix me provient de derrière, inutile de me retourner pour savoir qu'il s'agit du médecin qui m'agaçait tout à l'heure parce qu'il parlait trop. Mais cette fois-ci, je veux qu'on m'explique.

« Vous êtes sûr que le test est terminé ? aboyais-je. Je ne me rappelle de rien. »

Il ne s'est rien passé, je n'ai que de vagues souvenirs, et une érection douloureuse qui saille de mon pantalon renforcé. On m'a emmené directement du champ de bataille au dispensaire, le revêtement dur de mon armure rend mon érection terriblement douloureuse. J'ai les mains liées, je ne peux pas atteindre ma bite placée dans cette position gênante.

Le médecin s'approche et se place au niveau de ma hanche afin que je puisse le voir. Il parle d'une voix légèrement agacée, c'est la routine. « On vous a plongé en plein rêve. Vous ne vous rappelez de rien ?

– Pas vraiment. Des ombres. C'est vague. » Je ferme les yeux. Je me souviens que je tenais une femme, de ses cris de plaisir, mes coups de hanche tandis que la bête se repaissait.

« Des ombres ? Ça explique votre trique ? On dirait mon pistolet à ions » rétorque le commandant.

« Bon nombre d'hommes ne se souviennent pas de leur recrutement. Le degré élevé d'agressivité durant le rituel d'accouplement tend à masquer l'expérience. »

J'essaie d'intégrer ce dont il parle. « Et les femmes ? Elles subissent le même processus ? »

Il hoche la tête avec enthousiasme en retirant le capteur de ma tempe. « Oh, oui. Mais les femmes se rappellent de tout. » Il se racle la gorge. « Dans les moindres détails. »

Le Commandant Deek rigole. « Alors comme ça, les

hommes copulent et se barrent, et les femmes se rappellent des moindres détails et s'en servent pour nous tenir. » Il m'assène un violent coup sur l'épaule. « Vous êtes prêt à prendre épouse.

– C'est en adéquation avec le résultat du test, explique l'homme, il ne s'agit pas d'un jugement sur les femmes en général. »

Je ferme les yeux et soupire, ignorant mon sexe qui palpite de désir. Si je voyais ma partenaire là tout de suite, et que je savais qu'elle est mienne, je la prendrais sur la table, j'arracherais ses vêtements et je la pilonnerais en la clouant au sol jusqu'à ce qu'elle ait tellement d'orgasmes qu'elle me supplie d'arrêter.

Je vois déjà ses fesses parfaites, sa chatte toute luisante de mon foutre, ses cuisses pâles qui se détachent sur le sol vert foncé du dispensaire. Je la laisserais partir, je lui laisserais croire que j'en ai terminé avec elle et puis je l'attraperais à nouveau, je la mettrais sur le dos, je mettrais ses jambes en appui sur mes épaules et je la sauterais à nouveau, je doigterais son clitoris tandis qu'elle hurlerait mon nom. Ça peut sembler barbare pour un non-Atlan, mais nous donnons à nos partenaires ce dont elles ont besoin, elles doivent savoir qui est leur maître.

Mon sexe palpite et je rugis, j'ai trop hâte de la voir, de la baiser. Maintenant que je sais qu'elle existe, qu'elle m'attend, la bête ne demande qu'à être libérée, elle réclame son dû.

Je sens que je vais jouir. Je me fais violence, réprime

mon envie et me concentrer sur la conversation qui se déroule entre le médecin et le Commandant Deek.

« ...c'est souvent un signe de... compatibilité avant l'arrivée de l'épouse.

– Amorcez le transport, grondais-je. Je suis prêt. »

L'assistant du docteur bondit et se dirige vers un mur d'écrans, son regard passe à toute vitesse d'un écran à l'autre tandis que ses doigts volent au-dessus du pupitre de commandes. « Oh, hum... oui. Entendu. »

Je le regarde. C'est un grand guerrier, pas aussi grand qu'un combattant Atlan ou Prillon mais pas petit non plus. Il parle trop, comme c'est souvent le cas des médecins mais il parle désormais posément, visiblement troublé pour une raison que j'ignore. Je me retrouve attaché sur cette table, partagé entre l'envie de baiser ma partenaire et de déchiqueter un autre soldat de la Ruche, tandis qu'il farfouille son pupitre de commandes comme s'il s'en servait pour la première fois de sa vie. Son incompétence me met hors de moi.

« Je vais chercher le médecin. » L'homme se rue hors de la salle avant qu'on puisse lui poser la moindre question. Il revient au bout de quelques secondes avec une doctoresse pas très grande, ses courbes sont rehaussées par sa blouse verte. Son assistant en porte une grise. Mais je suis trop hors de moi pour respecter sa science ou son expérience, bien qu'elle soit très probablement plus calée que moi. Je ne vois qu'une femme ayant besoin d'un bon coup de bite.

« Je suis le Docteur Rone. On m'annonce qu'une

petite complication s'est produite durant votre accouplement. »

Je serre les poings et lutte contre les courroies qui me retiennent captif, tandis que la bête piaffe, mécontente de l'apprendre. « Quelle complication ? » demandais-je sèchement.

La doctoresse se racle la gorge et examine les données affichées sur sa tablette. « Seigneur de guerre Dax, la partenaire qui vous a été attribuée est une humaine provenant de la planète Terre. Elle s'appelle Sarah Mills. Elle a vingt-sept ans, est fertile et remplit tous les critères de recrutement des épouses de la coalition, excepté un. »

Sarah Mills. Sarah Mills est à moi. Je regarde la tablette, j'aimerais bien voir ma partenaire. « J'aimerais bien voir son visage. »

La doctoresse hausse les épaules, comme si ça importait peu et me tend la tablette, je découvre une belle brune qui me dévisage par écran interposé. Elle est éblouissante et élégante, des traits fins, de beaux sourcils et un visage plus délicat que la majorité des femmes Atlan. Ses longs cheveux bruns ondulés tombent en cascade sous ses épaules. Sa bouche rose est bonne à embrasser... ou baiser. Ma bite en érection s'agite, je l'imagine en train de me sucer. Je vais finir par éjaculer sur la table d'examen. J'ai du mal à juguler la fièvre d'accouplement en voyant ses immenses yeux sombres. Elle est à moi, je la veux. Pour la baiser sur le champ. « Où est-elle ? »

La doctoresse détourne le regard et recule, elle plaque

la tablette contre sa poitrine tout en adressant un regard au Commandant Deek, lui demandant la permission de parler.

Putain c'est quoi le problème avec ma partenaire ?

« Où. Est. Elle ? » Je beugle ma question, tout le dispensaire se retourne et regarde avec curiosité dans notre direction. Je me contracte alors que le docteur Prillon se dirige vers nous, bien décidé à me foutre dehors si nécessaire. Ma petite doctoresse lui fait signe de partir, apparemment sûre d'elle, elle sait que je ne tenterai rien de fâcheux, même si j'ai une très grosse envie de réduire ce vaisseau en miettes si on ne me répond pas.

Le Commandant se frotte les yeux et secoue la tête. Nous savons tous les deux que la nouvelle ne va pas me plaire. « On vous écoute, docteur. »

La petite doctoresse reste maîtresse d'elle-même, je l'admire étant donné que ma colère et ma frustration déclenchent les alarmes de tous les écrans de contrôle biologiques. « Je crains qu'elle n'ait été affectée ailleurs—sur une unité de combat. »

3

ax

« Affectée ailleurs ? » Pourquoi ? Comment une partenaire peut-elle être affectée à autre chose ? Les protocoles d'accouplement sont précis et fonctionnent depuis des centaines d'années. Une fois le couple constitué, il n'y a aucun changement possible, à moins que la femme ne trouve pas son partenaire à son goût et en veuille un autre. Là encore, le profil psychologique enregistré lors du recrutement garantit à l'épouse un partenaire provenant de la même planète.

« Comment est-ce possible ? demande le Commandant Deek.

– Vous avez été accouplé avec une Terrienne. » La doctoresse résume les faits contenus dans le rapport figurant sur sa tablette et l'effleure à plusieurs reprises avant de me regarder. « Votre profil ne figurait pas encore dans le système lorsqu'elle a été recrutée. La Terre permet aux femmes de combattre, elle a choisi de servir au combat.

– Ça veut dire quoi, exactement ? » Je crains de déjà connaître la réponse, je sens ma colère monter. Ils sont assez idiots pour envoyer de faibles femmes sans défense à la guerre ? « Où est-elle ? »

La doctoresse me regarde avec pitié et la bête s'enrage. « Dans le Secteur 437, aux commandes de ses propres éclaireurs, affectée au Bataillon Karter.

– Ma *partenaire* m'a rejeté pour combattre la Ruche sur le front ? »

Mon cri fait littéralement bouger le fauteuil sur lequel je suis installé, je sais que si je ne me calme pas immédiatement, je vais saccager tout le dispensaire et mettre ma menace à exécution. Le Secteur 437 est un foyer très actif de la Ruche depuis dix-huit mois. Ça veut dire que pendant chaque foutue seconde passée dans ce putain de fauteuil, ma partenaire est en danger. Je m'attendais à ce que ma partenaire soit affectée sur une unité stratégique ou peut-être sur l'un des vaisseaux qui protègent les croiseurs civils dans des zones relativement sûres. Pas au combat pur et dur, face à face avec l'ennemi ! Pas dans un des secteurs les plus dangereux de toute la coalition.

Une fois calmé, je répète ma question en grommelant. « Elle m'a rejeté ? »

Comment une extraterrestre provenant de Terre ose-t-elle me rejeter et risquer sa vie ? Elle ignore qu'elle a été accouplée à un seigneur de guerre Atlan ? M'appartenir est un honneur, de nombreuses femmes de la haute société sur Atlan se battraient pour ça. Et cette Terrienne n'a pas voulu de moi ?

« Elle ne vous a pas rejeté en personne. Elle ne connaissait pas son partenaire. En fait, elle a été recrutée voilà plusieurs mois. Il y a apparemment eu une petite confusion au centre de recrutement des épouses sur Terre. Il s'avère qu'elle n'a jamais donné son accord pour se marier, elle est sortie du programme et a été transférée comme combattant de la coalition. »

Je vois rouge. La colère pulse dans mes veines avec une rage sourde. Un hurlement sort de mes poumons et je me contracte, rompant facilement les courroies. La doctoresse et son assistant reculent, tout le monde s'agite dans la salle.

« Putain, Dax. Calmez-vous. Calmez-vous ! » hurle le Commandant Deek.

Je reste planté là, j'arrache les câbles reliés à mes tempes et serre les poings. J'ai du mal à respirer, comme si j'affrontais tout un bataillon de la Ruche.

« Trouvez-lui une autre partenaire. » Le Commandant Deek tend la main vers moi, sa stature et le respect que j'éprouve pour lui sont les deux seules choses qui me retiennent, tandis que la doctoresse secoue la tête.

« Je ne peux pas. Ce n'est pas comme ça que ça marche. Je ne sais pas pourquoi elle a été enlevée du système lors de son transfert vers l'escadron. Je ne m'occupe pas du recrutement des épouses. Je n'ai ni l'autorité ni le pouvoir d'annuler un accouplement, ni de vous octroyer une autre épouse. Les épouses ne font qu'arriver ici ; nous ne sommes pas chargés de leur recrutement. Je vais demander une enquête pour savoir ce qui s'est produit et a entravé son recrutement sur Terre. »

La doctoresse croise les bras et détourne le regard, comme si voir un guerrier Atlan fou de rage dans son dispensaire n'était pas un truc si inhabituel que ça. Soit ça, soit la femme fait preuve d'un courage sans bornes. En la regardant de plus près, je constate qu'elle ressemble pas mal à ma partenaire.

« Vous lui ressemblez. A ma partenaire. »

La doctoresse tend la main. « Melissa Rone, de New York. » Je fixe sa main tendue, elle la laisse retomber. « Je viens de la Terre. Mon premier partenaire est un capitaine Prillon. »

Je vais tous leur arracher la tête et elle ose me tendre la main ? Cette humaine aux longs cheveux bruns et aux yeux sombres, ressemblant tant à ma partenaire est irresponsable ou stupide ? « Vous connaissez ma partenaire ?

– Non. Je viens de New York, elle de Miami. Mon père était coréen, elle ressemble à une grecque, elle doit avoir du sang italien. Mais on a grandi sur le même continent.

– Ça ne me dit rien.

– Trouvez-lui une autre partenaire. Il ne va pas attendre deux ans qu'elle termine son service militaire. »

J'ai même oublié le Commandant Deek à force de contempler cette femme, elle est à côté de moi, deux guerriers Atlan encadrent cette petite femme aux formes voluptueuses. Elle serre les lèvres, je sens qu'elle va dire un truc qui va me déplaire.

« Il n'y en a pas d'autre. C'est la seule qui vous convienne. Le système ne fournira aucune autre alternative compatible tant qu'elle ne vous aura pas accepté passé la période d'essai de trente jours ou demandé un autre partenaire. A moins qu'elle ne soit effacée du système. »

Effacée signifiant morte. Tuée au combat.

La doctoresse sourit et me regarde d'un air de connivence. « J'imagine qu'elle ne risque pas de vous quitter au bout de trente jours une fois que vous l'aurez touchée. »

Je l'imagine entre deux guerriers Prillon, les suppliant de la baiser et je lui rends son sourire. Une femme humaine s'occupera peut-être bien de moi au final, si ma partenaire est aussi fougueuse qu'elle. Je dois trouver ma partenaire. Je dois la baiser. J'ai envie d'elle là, tout de suite, avec son sourire taquin et sa chatte toute mouillée.

La doctoresse continue, « Même si j'effectue le test mille fois, les résultats seraient identiques. Le système fournira exactement le même résultat. C'est votre seule et unique partenaire. »

Mon commandant lève la main pour m'empêcher de tout casser. « Docteur Rone, cet Atlan souffre visiblement de la fièvre d'accouplement, il n'a pas le temps de rentrer sur sa planète pour trouver une autre alternative. »

Mon corps frémit, j'ai besoin de casser quelque chose, de taper, la doctoresse m'examine avec une intensité et une intelligence déconcertante, on dirait qu'elle lit en moi. Le Commandant Deek poursuit tandis qu'elle garde le silence.

« Sa partenaire doit apaiser sa fièvre, le délivrer de son... intensité. Transportez-le immédiatement là où elle se trouve. Il doit s'accoupler, sinon il *mourra*. »

La doctoresse me regarde ainsi que le commandant. « Transporter un guerrier Atlan ayant la fièvre de l'accouplement sur un autre escadron va à l'encontre du protocole. Vous pourriez anéantir tout un escadron avant qu'ils n'arrivent à vous tuer. »

Je pousse un grondement sourd et avance vers elle. « Envoyez-moi vers elle. Elle est à *moi*. »

La doctoresse glousse. « Non, pas encore. Elle appartient au Bataillon Karter pendant... Elle regarde sa tablette en vitesse et croise mon regard, ...vingt-et-un mois. »

Le Commandant Deek se plante devant moi et me fait reculer une fois, puis deux. Il est aussi grand que moi, immense par rapport à la doctoresse. Il est l'un des rares que j'autorise à me pousser sans le tuer, surtout maintenant que je lutte contre cette colère meurtrière, sachant ma partenaire en grand danger.

« Il existe une solution, une faille grâce à laquelle vous pourriez vous accoupler. »

Il lance d'une voix rageuse à la femme derrière lui. « Arrêtez de torturer cet homme et dites-lui ce qu'il doit faire. »

Elle hoche la tête. « Les grands mecs menaçants ne

me font pas peur, Commandant Deek. » Elle lève un sourcil histoire que je comprenne et attise ma curiosité. « Conformément aux règles de la coalition, si elle est d'accord pour devenir votre partenaire, elle peut demander à réintégrer le programme des épouses sur le champ. Elle serait délivrée de toutes ses obligations militaires séance tenante. »

En fin de compte, son discours tient la route. Ma fièvre d'accouplement pourrait être utilisée pour que je mette un terme à mon service militaire, si je choisis de suivre la tradition Atlan. Ma partenaire ferait de même en se portant volontaire pour intégrer le programme des épouses. « Très bien. Envoyez-moi vers elle. Maintenant. »

La tournure que prend les événements me déplaît, je ne peux toujours pas posséder ma partenaire. Vu mon état, je sens que je vais me faire un plaisir de tuer les ennemis de la Ruche quand j'arriverai dans son secteur pour récupérer ma partenaire. Je la punirai ensuite pour s'être mise en danger.

« Vous avez ses coordonnées exactes ? » demandais-je en la fixant par-dessus l'épaule du Commandant. Je me demande si elle va me mentir, mais apparemment non.

« Oui. »

Les citoyens de la coalition sont tous suivis à la trace.

« Téléportez-moi là-bas. Maintenant.

– Avec les menottes. » Son assistant me tend les menottes, change d'avis et les donne à la doctoresse et détale. Ce sont des menottes d'accouplement, un truc que je refuse de porter. Nonobstant le fait qu'on voit comme le nez au milieu de la figure qu'un Atlan est en couple, ça aide les hommes Atlan à renforcer le lien et garder le contact avec la femme de leur choix. Une fois menottée, elle ne pourra pas s'éloigner à plus de cent pas et ce, jusqu'à ce la fièvre retombe.

Pas plus tard qu'il y a une heure, je redoutais ces trucs stupides, prendre femme ne m'intéressait pas le moins du monde et je me fichais de la technologie des fameuses menottes. Mais tout a changé. Ils m'ont fait un truc durant mon sommeil ? Pourquoi ai-je si désespérément besoin de trouver cette femme à laquelle je suis accouplé, la prendre dans mes bras et lui flanquer une rouste à lui laisser le cul tout rouge, afin qu'elle sache qui commande ici... et bien plus encore ?

Je me penche, ramasse les menottes et les enfile. Elles sont en or, issu des profondeurs minières d'Atlan et équipées de petits capteurs en contact avec mon corps. Elles enregistrent mon état de santé et sont également un moyen de communication nécessaire sur Atlan concernant les transports, les achats, les transferts de titres et tous les aspects de la vie à deux, si je continue de les porter une fois la fièvre tombée. Plus important encore, elles me soulagent de la fièvre d'accouplement, mettre ses menottes au poignet signifie que j'ai choisi ma femme. Je suis probablement le seul Atlan de toute l'histoire de notre planète à pourchasser sa partenaire sur le front, au combat contre la Ruche.

Elle sera une légende avant même qu'on atteigne la planète. Nos femmes ne combattent pas. Jamais.

Ça m'étonne. Sur quel genre de femme suis-je donc tombé ? L'idée d'avoir une femme guerrière devrait me rebuter ; je l'imagine dans le feu de l'action, les yeux en furie, poussant un cri de rage, un cri similaire à celui qu'elle poussera quand je le ferai hurler de plaisir lorsque je la pénétrerai. J'ai envie que cette rage, ce courage, que cette furie me soit entièrement dédiée, afin que je puisse la tenir fermement, qu'elle se débatte et s'agite, me supplie de la faire jouir.

Putain. Ma bite est dure comme de la pierre, cette armure n'est vraiment pas confortable.

Je me passe les menottes aux poignets, elles se referment d'elles-mêmes. L'accouplement a eu lieu, ma partenaire est identifiée. Il n'y a aucun retour en arrière possible. Je me battrai jusqu'à la mort pour la ramener. Je ferai de vieux os sur Atlan avec une magnifique femme bien baisée à mes côtés. Les bracelets mis, je sens le poids de ma décision finale, tel un manteau sur mes épaules. Je prends une profonde inspiration et gronde une fois les menottes en place.

La doctoresse me tend une paire de menottes plus petites destinées à ma femme, je les attache à ma ceinture. Le fait qu'elle me les donne m'affranchit immédiatement de mes obligations militaires. Pour le Commandant, c'est le signe évident qu'elle est ma partenaire, le symbole qu'elle m'appartient. Le fait de les prendre ne constitue pas un lien définitif en lui-même—seul le fait de baiser avec la bête déchaînée, tout en portant nos menottes aux poignets rendra le lien définitif—le fait de savoir qu'elle m'attend, qu'elle a besoin de moi, qu'elle peut être tuée à n'importe quel moment, me fait bouillir d'impatience.

« Téléportez-moi immédiatement avant que je fracasse ce vaisseau. »

En tant que combattant, ma partenaire court un danger permanent. Je me déplace à grandes enjambées vers la zone de téléportation située à l'opposé du dispensaire et fais craquer mes cervicales tandis que j'attends que les officiers chargés du transport communiquent les coordonnées au système central de téléportation. Normalement, seules les masses biologiques peuvent transiter via le système de téléportation mais lorsqu'on part au front, on peut tout prendre, sécurité oblige. Y compris les armures et les armes. Je tapote le pistolet à ions à ma ceinture et vérifie que j'ai bien mon couteau. Parfait.

« « Bonne chance, Dax.

– A bientôt. » Je croise le regard du Commandant Deek et adresse un signe de tête à la doctoresse. « Je n'ai aucune raison de rentrer. Une fois ma partenaire en sûreté et la fièvre retombée, je m'installerai à bord du Cuirassé Brekk avec elle et poursuivrai le combat, comme tout guerrier Prillon. »

Une femme Atlan n'accepterait jamais ce style de vie, la guerre permanente, mais je ne suis pas prêt à arrêter le combat que je livre contre la Ruche, et ma partenaire n'aura pas le choix. Elle s'occupera d'élever nos enfants ou tout autre tâche non dangereuse avec les autres femmes de l'escadron. Et moi ? Je la baiserai la nuit et combattrai la Ruche le jour. Ce sera parfait, dès que je l'aurais trouvée et que j'aurais baisée, que cette putain de fièvre d'accouplement qui me ronge se sera apaisée.

Sarah Mills, Secteur 437, Unité de Reconnaissance 7—Récupération de l'Avion-Cargo 927-4 aux mains des éclaireurs de la Ruche

Je vérifie la portée de mon fusil à ions tandis que neuf éclaireurs de la Ruche se déplacent autour de la salle des munitions avec une précision digne de robots. La Ruche a envahi et fait sien l'avion-cargo de la coalition deux heures plus tôt, l'appel de détresse de l'équipage résonne en moi tel un disque rayé. Le pilote du petit vaisseau est mort en hurlant tandis que je l'écoutais en salle de debriefing. Les huit soldats de la coalition affectés sur ce petit avion-cargo sont morts ou ont été transférés sur une station d'intégration à l'avant-poste de la Ruche. On ne peut pas les sauver mais on peut empêcher la Ruche de s'emparer du stock d'armes et de matériel.

Je lève les yeux de mon fusil à ions pointé sur la salle des munitions, j'indique à mon équipe de douze hommes de se scinder en deux groupes de trois et d'évoluer en silence autour du périmètre, on va les encercler par le haut et leur tomber dessus. On a fait ça des douzaines de fois le mois dernier, mon unité se déplace tel un fantôme sur la plateforme supérieure, prête à frapper.

Il nous aura fallu un mois d'entraînement intensif pour être prêt à combattre la Ruche. Toutes les recrues terriennes de la coalition envoyées au combat devaient nécessairement avoir une expérience militaire— des militaires terriens. Peu importe le pays de provenance du combattant, l'essentiel étant qu'elle ait une grande habitude de la stratégie, une bonne condition physique et d'autres qualités requises pour combattre la Ruche. La flotte de la coalition ne compte pas de femmes au foyer ni de laveurs de voitures dans ses rangs. Ça me rassure, ça fait huit ans que je sers dans l'Armée. J'ai pas envie de prendre une balle dans le dos à cause d'un bleu. Ni me faire tuer parce qu'un gamin a paniqué en voyant les soldats cyborg argentés.

Par rapport à la Ruche, *Terminator* passe pour un film de science-fiction des années 50. Ces cyborgs-là sont lents à la détente et s'apparentent plus à des machines qu'à des humains.

Ceux de la Ruche sont bien pires ; profilés et rapides, ils ne portent pas de tenues métallisées clinquantes ni de moon-boots en acier. Non, ils sont rapides, très intelligents, et, pourraient passer pour des citoyens lambda une fois habillés, exception faite de cette lueur argentée dans leurs yeux et sur leur peau.

D'après ce que j'ai vu, les cyborgs de la Ruche sont créés à partir de guerriers Prillon capturés ; grands, malveillants, il est quasiment impossible de les tuer du premier coup.

Dieu merci, ces gigantesques fils de pute Prillon sont de notre côté.

Je regarde en silence tandis que l'Unité de Reconnaissance 4, celle de mon frère Seth, se faufile dans le périmètre à l'étage inférieur, assurant notre position afin que personne de la Ruche ne puisse s'échapper par les couloirs des niveaux inférieurs une fois qu'on leur sera tombé dessus. Je reconnais facilement les déplacements de mon frère malgré son armure. On avait l'habitude de jouer à cache-cache dans les bois .J'ai la gorge sèche tandis qu'il s'approche, beaucoup trop près, d'un combattant de la Ruche qui passe le stock en revue.

Seth s'immobilise, se fond dans l'ombre de l'éclaireur, j'expire l'air que je retenais dans mes poumons.

J'ai mis huit semaines pour retrouver mon frère. Dont un mois à m'entraîner, à exécuter des missions basées sur mon ancienne expérience militaire. Les soldats terriens sont envoyés dans des vaisseaux spatiaux dans la galaxie pour combattre la Ruche. D'après moi, mes dix-huit années *d'entraînement* avec mes frères et mon père dans les marécages de Floride ne sont pas du luxe et complètent parfaitement mon expérience en tant que militaire. Ils m'ont enseigné l'auto-défense et d'autres techniques que j'estimais inutiles—jusqu'à ce que je découvre la Ruche. Qui peut le plus peut le moins. Moi aussi je sais dégommer du monde. Je vole même mieux que les autres. J'ai toujours été sous-estimée par les troupes de la coalition et la Ruche. Je suis la seule femme de tout le bataillon de reconnaissance, les mecs ont cru que j'allais me mettre à chialer mais je sais me tenir.

Merde alors, quand j'ai enfin réussi à aller sur le front —il y a quatre semaines—trois de mes nouvelles recrues ont fait une crise de nerfs et ont dû rentrer chez elles avant qu'on parte au combat. S'attaquer à la Ruche ne ressemble à *rien* de ce qu'on a vécu sur Terre, six recrues de mon premier bataillon ont été tuées dans leur premier accrochage. La moitié de l'équipe. Décimée.

Plus aucun homme n'ose désormais me poser de questions, j'ai non seulement sauvé les cinq autres grâce à mon habileté au tir mais j'ai aussi repris l'avion-cargo aux douze éclaireurs de la Ruche, récupéré le vaisseau et ramené l'équipage sain et sauf. Ce qu'il en reste du moins. Les commandants ont remarqué mes facultés d'analyses et de stratégie au combat. J'ai été promue dès le deuxième jour et je commande désormais ma propre équipe, comme mon frère. Unités 7 et 4. Sarah et Seth. On effectue nos missions ensemble tant que possible, notamment parce que Seth et moi tenons à veiller l'un sur l'autre.

Je lève une main gantée de noir tandis que le dernier de mes hommes se met en place. Lorsque j'ouvre le poing, j'entame un décompte à partir de cinq, le signal du début de l'attaque. Si tout se passe bien, ça devrait prendre moins d'une minute.

Si non—et bien, mieux vaut ne pas y penser.

Seth lève le poing et fait de même avec son équipe, hors de mon champ de vision.

On est prêt.

Les petits escadrons sont presque entièrement composés de Terriens. Nous sommes petits, méchant et nous faufilons partout, contrairement aux énormes Prillon et Atlan, là où d'autres guerriers plus imposants ne peuvent se glisser. Nous, les humains, sommes aussi plus fragiles et incapables de survivre au combat au sol sur des planètes au climat hostile. Je me sens comme un poisson dans l'eau, je préfère me faufiler et hacher menu des éclaireurs de la Ruche plutôt qu'affronter des géants de plus de deux mètres vingt au corps à corps.

Non, la majeure partie des humains sont dans les unités de reconnaissance ; des forces de petite taille et stratégiques infiltrant des zones à haut risque près du front, nous pouvons fusionner avec d'autres unités pour former une escadrille plus conséquente, en général derrière les lignes ennemies, ou des missions comme celles-là durant lesquelles on s'infiltre et on reprend notre dû.

Mon frère croise mon regard et me décoche un franc sourire. Mon cœur se serre dans ma poitrine. Il m'a manqué. Ses cheveux bruns comme les miens arborent la coupe réglementaire. Je mesure la même taille que mon père, Seth fait une demi-tête de plus que moi. Il a l'air de s'être bien remis. Hormis la tension du combat qui se lit sur son visage, la prise de conscience perpétuelle de ce qui l'entoure - une habitude militaire – il a exactement la même tête que le jour où il s'est enrôlé dans le bataillon avec Chris et John.

Je l'ai retrouvé. J'y suis arrivée. J'ai rempli la mission que m'avait confiée mon père sur son lit de mort, j'ai retrouvé Seth. Je ne peux pas le ramener sur Terre—on n'a pas encore terminé notre service—mais je peux rester à proximité, voire me battre à ses côtés comme aujourd'hui.

Une énorme explosion retentit au-dessus de nos têtes, je me jette au sol et regarde les trois autres soldats pour voir s'ils savent ce qui se passe. Ils regardent derrière moi, sous le choc, mais c'est silence radio.

Qu'est-ce qui se passe putain ?

La Ruche se barre et on nous tire dessus. Le silence radio est rompu tandis que Seth donne des ordres. « Feu ! Feu ! »

Le sifflement des pistolets à ions et les cris de douleur de certains de nos hommes emplissent l'air. L'écran situé à l'intérieur de mon casque indique deux hommes touchés.

Merde. Merde. Merde ! C'est l'apocalypse.

« Mitchell et Banks sont à terre sur la gauche. Vous deux, à gauche. » J'indique la direction que doivent prendre mes soldats. « Sortez-les de là. »

Ils s'exécutent. Je me tourne vers Richards, mon bras droit. « Va tout droit mais ne tire pas avant d'être à couvert. Va voir ce qui se passe.

– Oui chef. »

Richards s'éloigne en s'accroupissant, je lève la tête vers la balustrade pour essayer de comprendre ce qui se passe.

« Au rapport. Tout le monde. Parlez. Qu'est-ce qui se passe putain ? » Je vérifie mes armes pendant que mon équipe rentre. Une téléportation non autorisée.

« Seth ? »

J'entends distinctement la voix de mon frère. « Des fils de pute nous sont tombés dessus sans prévenir. Je croyais que c'était l'un des nôtres, mais non, c'est la Ruche, avec six éclaireurs supplémentaires. J'ai trois hommes touchés à trois heures. »

Je regarde en direction du garde-corps, je suis hors de moi, la coalition a transféré quelqu'un sans prévenir. Il est *énorme*. Et complètement barge. Je le vois arracher la tête de l'éclaireur de la Ruche le plus proche à mains nues, ignorant totalement les tirs à ions des armes de la Ruche.

Putain de merde. J'ai *jamais* vu un truc pareil.

Le rugissement du géant retentit dans cet espace restreint et je sursaute, on dirait qu'un canon a explosé.

« Apparemment il est de notre côté. » Cette voix sarcastique est bien la mienne ? Je viens de voir un géant extraterrestre arracher la tête d'un autre extraterrestre à mains nues et je fais de l'humour ? Mon père serait sacrément fier de moi.

« Vise-moi ça. » Seth a l'air amusé lui aussi. « C'est un Atlan. »

Ouaouh. J'en ai entendu parler mais j'en avais jamais vu en action. Ils combattent en général au sol, ils sont immenses, rapides, ce sont des tueurs d'une efficacité redoutable. Grâce au gigantesque homme, on va pouvoir changer de tactique. « Recon 7, parés à tuer, mais essayez de ne pas toucher le géant. Qu'on en finisse.

– Oui chef. »

Le flingue à ions crache du feu, je n'y vois plus rien, je sors de ma cachette et ouvre le feu. Je dégomme deux éclaireurs, le géant trois, le reste de l'équipe s'occupe du reste. On porte tous notre tenue spéciale—une armure légère marron et noir résistant à un tir d'ions modéré. C'est moche mais ça tient lieu de tenue de camouflage. Nos casques filtrent l'air et maintiennent nos niveaux d'oxygène et de pression de façon constante, adaptés à notre espèce. Nos pistolets à ions sont hyper légers et commandés par ordinateur, l'armure métallique peut faire dévier une explosion. Nous portons accrochés à la cuisse deux objets totalement indispensables : un couteau —pour le combat rapproché—et une seringue remplie d'un poison mortel.

La seringue est un choix proposé aux soldats volontaires provenant de Terre. Le suicide par injection est la solution choisie par Seth et moi. J'ai vu ce qui arrive aux soldats capturés par la Ruche, mieux vaut la mort que tomber aux mains de la Ruche et devenir inhumain. J'ignore si d'autres planètes offrent cette solution à leurs guerriers et je m'en fiche. Personne ne veut être capturé vivant par la Ruche. Il paraît que la seringue contient le poison le plus mortel de toute la coalition. Il n'existe pas d'antidote, la mort survient en quelques secondes.

Tout plutôt que finir en robot aux yeux argentés. On a vite compris que la Ruche n'avait aucun sens de l'honneur. Ils tuent rarement, ils préfèrent capturer des prisonniers qu'ils ramènent dans leurs centres d'intégration pour leur implanter leur technologie. Ils ne sont plus maîtres de leur propre corps. Ils ne font qu'un avec la Ruche. Des machines. Ils deviennent de vrais ordinateurs vivants, obéissant au doigt et à l'œil aux ordres de la Ruche.

Les combattants de la Ruche sont sans pitié, ne l'oublions pas. Menons notre mission à bien—extirper la Ruche de cet avion-cargo et dégager d'ici, regagner la base, un bon dîner et au lit avant la prochaine mission. Vivre jusqu'au lendemain. Tel est l'objectif.

Mes hommes et mon frère sont vivants.

Le bruit des explosions diminue, le rougeoiement des armes s'atténue. Heureusement pour nous, l'avion-cargo transporte de la marchandise, des tas de caisses dans son ventre, ça nous fait une bonne protection. Malheureusement, ça offre également une couverture à la Ruche.

On avait l'intention de les prendre par surprise, de rassembler la Ruche au centre, de les forcer peu à peu à rester dans un espace plus restreint, tel un anaconda étouffant sa proie. Mais le guerrier Atlan a fichu nos plans en l'air, gâché la fête. Je tempête et fais le bilan. On a perdu deux hommes mais la Ruche est en déroute.

« Recon 7, au rapport. »

J'écoute le débriefing de mes hommes.

« Six ok.

– Trois ok. Deux hommes abattus. »

Je soupire sans rien dire. On a merdé. Des soldats

sont morts. Je réglerai ça plus tard, quand j'écrirai aux familles en pleurant. *Plus tard.* « Richards ?

– Neuf ok. »

J'attends Seth, situé à midi sur le pont inférieur.

« Recon 4 ? »

J'entends Seth haut et clair. « Tu ferais mieux de descendre. »

J'ordonne à mes hommes de rester à l'étage supérieur et dévale la rampe pour rejoindre mon frère. J'approche, j'écarquille les yeux, mais pas à cause de la Ruche.

« Putain de merde, » murmurais-je.

C'est... ce guerrier qui est arrivé. Il porte l'uniforme de la coalition, il lui va comme un gant, je reste bouche bée. Il ne porte pas de casque, il a des traits marqués, je ne voyais pas les extraterrestres comme ça. Il a presque l'air humain, en beaucoup plus grand. Je crois qu'on aurait pu me tirer dessus que je m'en serais pas aperçue. Il est vraiment immense—pas loin de deux mètres vingt, brun et séduisant, un vrai bûcheron. Un bûcheron ensanglanté, couvert du sang de la Ruche coulant d'une pile de corps décapités à ses pieds, comme de vulgaires ordures. Il n'a pas même pas dégainé son arme. Ses bras sont aussi épais que mes cuisses et je suis pas maigrichonne. Mon cœur tambourine, j'ai le souffle coupé, pire que lors d'un combat avec la Ruche.

Il est grand et sûr de lui, un peu trop peut-être, il se fiche du chaos qui l'entoure, on dirait qu'il cherche... quelque chose. Ou quelqu'un. Je l'entends rugir de loin, son corps est tendu comme un arc, prêt à arracher la tête du premier idiot qui sera assez stupide pour attirer son attention. Son regard sombre est d'une intensité rare. Je déglutis en le voyant regarder dans ma direction. Je n'ai pas envie de détourner la tête. En fait, j'ai envie de plonger dans son regard intense.

4

arah

Avec toutes ces explosions ioniques qui ont zigzagué durant l'escarmouche, il aurait dû se planquer, voire dégainer son pistolet mais que dalle. Il regarde à gauche, à droite et j'entends un grondement familier venant sur le côté.

Trois autres assaillants de La Ruche font irruption dans la pièce et attaquent. Un nouvel assaillant est sur le point de me tuer, l'Atlan ne cille pas. Je jurerais l'avoir vu grandir, comme si on soufflait dans un ballon. Il est en colère. Furieux même, les tendons de son cou saillent et il serre les mâchoires. Il étrécit les yeux, attrape le guerrier de la Ruche et lui arrache littéralement la tête, sans même dégainer son pistolet. Le sang gicle partout tandis qu'il jette le corps sur ceux de ses camarades, avant de charger.

J'aurais dû essayer de l'aider mais je roule sur le côté et me mets à genoux, l'arme au poing.

Trop tard, les trois mecs sont morts. D'autres corps gisent à ses pieds, en sacrifice à un dieu assoiffé de sang.

Je reste plantée là et regarde le carnage. Deux hommes de Seth m'encadrent, abasourdis. Je suis quasiment sûre d'avoir jamais rien vu d'aussi brutal, sur Terre ou ailleurs. J'ignore pourquoi cet extraterrestre est armé. Ses mains, ses mains immenses sont des armes à elles toutes seules. Quand on est furieux sur Terre, on dit qu'on aimerait arracher la tête de quelqu'un mais là … putain, c'est pour de vrai.

Seth murmure et s'extirpe de derrière une caisse de marchandise, je reste à genoux, mon fusil pointé sur l'extraterrestre grognant comme un ours.

« Bienvenue dans notre petite fiesta contre les envahisseurs, Atlan. Je suis le Capitaine Mills. » Seth ne le vise pas mais ne détourne pas son fusil non plus. Je mets le guerrier en joue, je vise sa tête.

Le géant gronde et se déplie de toute sa hauteur, je cligne des yeux. Putain. Ses épaules sont énormes, sa poitrine assez large pour qu'une fille comme moi puisse s'y blottir. J'ai envie de le *toucher*, c'est gênant. Lorsque le géant prend la parole, sa voix grave et rauque m'excite, mes tétons pointent. Sexy en diable. Bon dieu, c'est l'homme le plus canon que je n'ai jamais vu. De toute ma vie.

« Vous n'êtes pas le Capitaine Sarah Mills. »

Seth rigole et mon cœur s'arrête. *Le Capitaine Sarah Mills ?* Ce guerrier me connaît ?

Je garde le silence, croise le regard de mon frère l'espace d'un instant et lui fais signe de poursuivre. Si ce grand mec baraqué me cherche, je ne suis pas sûre d'avoir envie qu'il me trouve.

Seth enlève son casque et le met sous son bras gauche, il tient toujours le pistolet à ions de la main droite. « Non. C'est ma sœur, elle a réussi ses tests militaires et appris à piloter. Qu'est-ce que vous lui voulez au Capitaine Mills ? »

Au lieu de répondre, le guerrier serre les poings comme s'il essayait de garder son calme. Autour de moi, les armes sont pointées sur lui, nous attendons de savoir quelles sont les intentions de l'Atlan. « Elle n'est pas là ?

– Vous êtes qui ? » Seth lève son arme pour s'assurer que les intentions de l'Atlan sont pacifiques. « Je ne vous connais pas soldat. Vous avez été téléporté en pleine opération et mis deux unités en danger. J'ai cinq morts sur les bras parce que vous avez débarqué par surprise. Etant donnée la situation, je devrais vous botter le cul et vous demander de nettoyer votre merdier. »

L'Atlan se tasse, comme s'il était gêné par ce que vient de dire mon frère. « Je vous présente mes excuses pour la perte de vos hommes. On ignorait que j'allais atterrir en plein combat. C'est une regrettable erreur.

– Que faites-vous là ? »

J'affermis ma poigne sur le fusil, j'attends sa réponse.

« Je cherche le Capitaine Sarah Mills.

– Pourquoi ?

– Elle est à moi. »

Putain j'ai la tête qui tourne, je dois intégrer ce qu'il vient de dire. Je hausse les sourcils, me lève et baisse mon arme. « Unité Sept, gardez-le en ligne de mire. »

J'abaisse mon pistolet et essaie de prendre une décision. Le géant se retourne en entendant ma voix, j'ôte mon casque et le jette par terre. Il fait mine d'approcher, je lève mon arme pour le sommer d'arrêter. « Pas un geste.

– Vous êtes Sarah Mills.

– Comment vous le savez ? Je ne connais aucun Atlan. » Croiser son regard est une énorme erreur, je sens le désir m'envahir de plein fouet. J'ai envie de me lécher les lèvres et de m'approcher, c'est stupide. Je le regarde d'un air inexpressif, je sens une étrange vibration sur mon visage et mon cou. Je me contracte et regarde Seth. Il écarquille les yeux en ressentant cette énergie.

« Tous aux abris ! » hurlais-je en me jetant au sol tandis que l'explosion atteint le centre de la pièce.

La secousse enfin calmée, trois soldats de la Ruche gisent dans la même position que nous.

L'Atlan grogne et charge. Mes hommes ouvrent le feu depuis les ponts supérieurs, à la surprise de la Ruche. Les soldats n'attaquent pas comme je le craignais, mais s'adressent un signe de tête et disparaissent—s'évanouissant sur place—un par un.

Le dernier n'est qu'à quelques centimètres de Seth. Il

s'empare de mon frère, le brandit tel un bouclier humain tandis que le fusil à ions de mon frère tombe à ses pieds.

Seth !

Je lève mon pistolet mais je ne peux pas tirer au risque de toucher mon frère. L'Atlan les regarde et se fige à mi-chemin. Je reste en position, sans bouger, nous attendons de voir ce que le soldat de la Ruche va faire.

« Lâchez-le » hurlais-je au soldat de la Ruche qui m'ignore, il ne quitte pas des yeux le vrai danger, le géant Atlan à quelques pas de lui.

Seth se débat et tente de s'emparer de la seringue tandis qu'il hurle. « Allez-y ! Tuez-le.

– Non ! » Je hurle tandis que le soldat de la Ruche s'éloigne, emportant mon frère avec lui, tel un bouclier humain.

La voix de Richards à mon oreille est le diable personnifié. « Je peux l'abattre, capitaine. » Il est au-dessus de moi, à portée de tir, une bonne décharge, certes pas parfaite pour un tireur d'élite, la vie de mon frère est en jeu. Richards dispose d'environ un mètre pour tuer le soldat de la Ruche et sauver Seth.

« Non. Pas encore. »

Le guerrier de la Ruche retenant Seth lève son arme et vise l'Atlan. Nous restons figés tandis que le soldat de la Ruche scanne la pièce de son impitoyable regard métallique. Avant qu'on ait le temps de bouger, le soldat de la Ruche appuie sur un bouton de son uniforme et... disparaît. Et Seth avec lui.

Parti. Pouf. Envolé. Sur Terre, de tels moyens de transport n'existent pas. On voit ça dans les vieux films à la télé, jamais dans la vraie vie. Il n'y a que ceux qui combattent avec la coalition pour voir ça dans la vraie vie. *Téléporte-moi, Scotty*. La première fois que j'ai été téléportée, j'étais terrifiée. La technologie était censée être sympa, c'est toujours le cas. Mon frère a été téléporté je ne sais où dans la Ruche. Là où ils transforment les combattants de la coalition en machines, ils remplacent certains organes par des implants synthétiques, ils n'ont plus rien d'humain. Il était encore là il y a une seconde, et pouf, envolé.

A moins que mon frère ait choisi la deuxième solution. Le souvenir de sa main cherchant la seringue sa cuisse me revient en mémoire. « Seth ! » m'époumonais-je.

L'Atlan dingue—celui qui a fait foirer notre opération et causé l'enlèvement de mon frère par la Ruche—tourne la tête et me dévisage. Il étrécit ses yeux sombres et serre les lèvres. Il ne baissera pas les yeux, même avec un pistolet à ions pointé sur lui. Je ressens quelque chose de primitif et d'explosif tandis que nous échangeons un regard.

Putain de merde. Il est... je me sens... et... merde. Mon cerveau déconne. Mon corps n'a que faire de la notion de sécurité la plus élémentaire tandis que je marche vers cet homme, prête à attaquer avec toutes les forces qui me restent. Je lève mon pistolet à ions et avance jusqu'à ce que le canon pointe sur l'armure du guerrier, au niveau du cœur. Je le regarde droit dans les yeux, il ne fait pas mine de m'arrêter. Il ne m'a pas touchée et me dévisage d'un air peiné.

Nous nous dévisageons, je n'y arrive pas, je ne peux pas appuyer sur la détente. Je contemple sa mâchoire carrée, sa bouche pulpeuse, ses yeux noirs et sa barbe naissante. Il est époustouflant, écrasant de puissance. J'arrive pas à appuyer sur la détente en dépit de ma colère. Ce n'est pas vraiment la faute de ce guerrier si mon frère a été capturé. C'est la faute de personne. C'est la guerre. Et la guerre, ça fait chier.

« Capitaine ! » La voix de Richards interrompt ma réflexion et je baisse mon arme, sans toutefois reculer devant le guerrier.

« Vous allez m'aider à retrouver mon frère. »

Il écarquille les yeux de surprise et hoche la tête. « Vous avez ma parole. » Cette voix, ces quatre mots, j'ai l'impression de me prendre un mur. Dur, violent, intense.

Je me radoucis et recule.

« La coalition ! » hurlais-je, on est hors de danger. Il est le temps de foutre le camp d'ici.

L'Atlan me regarde de près mais ne bouge pas. Il porte l'uniforme de la coalition mais il a un comportement étrange et du sang sur les mains. Il représente une menace, son silence nous aide à retrouver notre calme et ne pas le tuer.

« Quatre d'entre vous vont rester ici et surveiller nos arrières. Trois assaillants de la Ruche se sont téléportés et ont enlevé le Capitaine Mills, » dis-je, furieuse qu'ils aient réussi à s'infiltrer et kidnapper Seth. *Il a laissé faire.* « Vous aussi. »

Je montre le combattant solitaire.

Il balaie la pièce du regard et me dévisage. Je lis le désir dans ses yeux. Ça m'énerve. On en plein combat. Je n'ai pas besoin—ou envie—d'être attirée par qui que ce soit au beau milieu de la bataille. Sous son regard, je me sens féminine. Féminine ? C'est dingue parce que je porte mon armure de la coalition qui masque ma poitrine opulente. Mes hanches sont cachées par mon pantalon renforcé. Personne ne me voit en tant que femme ici. Je suis leur chef, point barre.

Je pense au sexe, je contracte mes muscles de rage.

« Qui diable êtes-vous et pourquoi me dévisagez-vous ? demandais-je.

– Je suis le Seigneur de guerre Dax de la planète Atlan, je suis votre partenaire. Vous m'appartenez.

– Vous vous foutez de ma gueule ? C'est une plaisanterie ? Je ne suis pas votre épouse, Seigneur de guerre Dax de la planète Atlan. Désolée. Dégagez. » J'agite les mains et adresse un signe de tête à l'équipe de Seth. Seth parti, ils sont sous mes ordres. Sous ma responsabilité. « Vous quatre vous restez là. Bloquez la cabine de téléportation histoire qu'on n'ait pas d'autres surprises.

– Oui chef.

– Toubib, soignez les blessés, assurez-vous de faire le maximum et évacuez-les. » Je me dirige vers la porte. « Trois hommes avec moi sur le pont. Richards, vérifiez le système. Mon unité, vérifiez les autres étages à quatre. Vous connaissez le topo. »

Les deux équipes se hâtent d'obéir et j'ignore le grand extraterrestre qui m'emboîte le pas. On dirait un cocker près d'un Rottweiler. Trois hommes armés nous suivent, j'ai toujours mon pistolet à ions.

« Ces mots que vous employez tout le temps, 'putain, baiser' ? Ça s'applique seulement lorsqu'un homme s'accouple avec une femme et lui procure du plaisir, pas lors d'un... combat. »

Les hommes se détendent, ils croient que Dax plaisante. Mais non. Je rougis, mais pas de gêne. J'imagine que ce seigneur de guerre me plaque contre le mur, arrache mon pantalon et me saute.

Si jamais je rentre sur Terre, je risque de tuer une certaine souris.

« C'est quoi votre problème ? » Je préfère ne plus penser à lui et faire l'offensée. « Je vous ai bien dit que je m'étais pas engagée pour le programme des épouses, non ?

– Oui. »

Je stoppe net devant son aveu, il avance d'un pas, je dois lever le menton pour croiser ses yeux noirs. Je ne capitulerai pas. Il me scrute de la tête aux pieds. Ça ne ressemble pas au regard des guerriers avec lesquels je travaille. C'est purement sexuel, dominateur, torride, je n'ai jamais rien éprouvé de tel... putain de merde, mes tétons durcissent. Heureusement que je porte une armure.

« Vous croyez que ça m'intéresse ? » Il hausse un sourcil, il s'attendait peut-être à ce que je m'incline et qu'il m'enlève, comme une princesse de conte de fées. Mais non. Il ne se passera rien tant que mes hommes ne seront pas à bord du Karter et qu'on n'aura pas récupéré mon frère aux mains de la Ruche.

Il fait mine de m'attraper par le bras mais je le mets en joue avec mon pistolet à ions, le canon touche son armure. Mes hommes pointent leurs armes sur lui. Il marque une pause, ça ne le dérange visiblement pas plus que ça. Il ne redoute pas de mourir au moindre faux pas.

« Baissez-ça tout de suite, » ordonne-t-il.

Personne ne suit son ordre et je hausse un sourcil, satisfaite, mes hommes sont avec moi.

« Si mon grade de seigneur de guerre ne vous suffit pas, les bandes sur mon uniforme indiquent que je suis plus gradé que vous, dit-il en indiquant le symbole sur son épaule d'un doigt ensanglanté. Je suis ravi de voir que vous protégez et défendez ma partenaire, mais baissez vos armes, sous peine de sanctions militaires. »

Il a raison. Il est visiblement originaire d'une autre planète, une planète sur laquelle les hommes doivent manger beaucoup d'épinards, comme Popeye, pour être aussi costauds, il porte l'uniforme de la coalition que nous connaissons tous. Il est plus gradé que moi, que nous tous ici, et en théorie, nous devons obéir à ses ordres.

Mes hommes gardent leurs armes levées et je réalise qu'ils attendent ma décision. Si je demande à mes hommes de descendre ce grand méchant extraterrestre, ils le feront. Mais ils finiront probablement dans les prisons de la coalition parce que j'ai perdu mon sang-froid. Je n'ai pas l'habitude de demander à mes hommes de se sacrifier, surtout pour quelque chose d'aussi ridicule.

Je tourne la tête et leur demande de baisser leurs armes. Ça attendra qu'on rejoigne le cuirassé. Il me regarde, il hausse un sourcil à son tour, je ne pointe plus mon arme sur sa poitrine. Il est maintenant responsable du groupe à bord de l'avion-cargo, ce n'est pas pour autant que je suis moins énervée à son égard. Je baisse mon arme à contre cœur.

« Qu'est-ce que vous—vous avez conscience de ce que vous venez de faire ? » Je serre les points, je me retiens de ne pas le frapper. « J'ai perdu des hommes de valeur aujourd'hui. Et la Ruche a enlevé mon frère !

– Je suis désolé pour les pertes que vous avez subies. Mais votre frère aurait dû veiller sur vous sur Terre, sur votre planète. Une femme n'a rien à faire ici en plein combat, à combattre l'ennemi, réplique-t-il.

– Mon frère ne se mêle pas de mes affaires.

– Évidemment. Moi, par contre, oui. »

J'écarquille les yeux et éclate de rire. « Vous êtes peut-être plus gradé que moi, monsieur, j'appuie volontairement sur le monsieur, mais vous n'êtes pas mon partenaire.

– Avec tout le respect que je vous dois, seigneur de guerre, » Shepard, mon second, se place à côté de moi. Il semble accorder un certain ... respect à Dax. Il est hors de question que je sois la partenaire de ce grand mec costaud. « Je doute du... bien-fondé de votre alliance. Le Capitaine Mills est parmi nous depuis deux mois. Les lois en vigueur sur Terre interdisent à un soldat d'intégrer un bataillon s'il est marié. Ou en couple. »

Shepard est diplomate, il ne veut surtout pas prendre ce seigneur de guerre pour un idiot. Dax se trompe, il se trompe complètement, je ne risque pas de me mettre en couple avec cette brute autoritaire. Mon subconscient ne serait pas si cruel avec moi.

Au lieu d'arracher la tête de Dax, il répond, « Cette femme terrienne a été choisie pour être ma partenaire grâce au Programme des Epouses Interstellaires et je la reconnais en tant que telle. »

Oh, merde. Il vient d'Atlan. La Gardienne Egara a dit que j'avais été affectée sur cette planète. Je secoue la tête. « J'ai laissé tomber le programme, c'était une erreur. La gardienne m'a dit que je ne serais pas accouplée si je m'y opposais. Je suis un soldat désormais, je suis quasiment sûre que vous ne pouvez rien y faire.

– Allez dire au Commandant Karter que vous êtes ma partenaire et que vous démissionnez de votre mission au sein de la flotte de la coalition. » Il se fiche complètement de ce que je viens de dire.

Je pose mes mains sur mes hanches. « Certainement pas, espèce de gros balourd. »

Il se renfrogne. « Je connaissais pas ce mot, partenaire suffira. »

Je recule, non pas que j'aie peur de Dax mais parce qu'il a probablement raison. Je me rappelle de cette petite idiote d'assistante, la Gardienne Morda, elle a merdé dès le départ. Elle se serait à nouveau plantée après mon affectation dans la flotte de la coalition ? Comme par exemple ne pas effacer mon profil, ne pas m'enlever du système ?

Oh, merde.

« Nous formons un couple. » Il se penche sans me quitter des yeux. « Vous êtes à moi. » Je frissonne. Je ne peux être la partenaire de personne. Je ne pourrais pas partir à la recherche de Seth si on me relève de l'armée pour me marier. Je doute que cet énorme mastodonte extraterrestre s'attende à grand-chose venant de moi, hormis lui donner une descendance. Et il a déjà dit que la place des femmes n'était pas au combat. Tout me porte à croire qu'il refusera que j'infiltre le centre d'intégration de la Ruche pour sauver Seth.

Mais il m'a promis de m'aider à retrouver mon frère.

Il est fort probable qu'il envisage de me caresser la tête comme une gentille fille et de me laisser en plan pendant qu'il ira baiser la première venue. Je ressens une vibration hyper protectrice émanant de lui.

Il peut vraiment me forcer à démissionner de la flotte ? Je ne connais pas le règlement. Puisque j'ai été accouplée via leur système, peut-il me faire abandonner l'armée de force ? Cet Atlan géant peut me forcer la main ?

De plus, je n'ai pas envie d'un partenaire. J'ai lutté

avec assez d'hommes comme ça dans ma vie—un père casse-pieds, trois frères, des commandants dans l'armée, des collègues soldats—je n'ai pas besoin d'un partenaire en plus. Et lui ? Lui ! Mon dieu c'est avec cet homme que je suis accouplée ? Pour le moment, à part m'énerver, il n'a rien fait d'autre. Et si c'était un bon coup–un bon coup incroyable. Comment faire si je ne peux me défaire des images où je le revois en train de me baiser contre un mur, il me pilonne violemment jusqu'à ce que je jouisse sur sa grosse bite ? Je sais qu'elle est grosse. Forcément.

Je refuse de croire que ce que je ressens ait quelque chose à voir avec une quelconque histoire... d'accouplement. Il est évident que je l'ai remarqué, surtout après cette période d'abstinence. Après deux ans et demi sans sexe, n'importe quelle femme normalement constituée serait attiré par un grand mec costaud. J'ai juste envie d'un orgasme ou deux et je n'ai rien contre l'idée que ce soit lui qui me les procure. Être une femme n'a rien à voir, je peux très bien prendre mon pied et ciao. Le buter et décamper fonctionne aussi. Alors ?

Cette attirance est purement physique. Mes tétons durcissent, et alors ? Le froid me fait le même effet en Floride, je déteste la neige. Dax est évidemment dominateur, macho, tyrannique et irrésistible... etc., etc. J'ai bien fait de choisir la coalition plutôt que lui. Mariée... à lui ! Ah !

« JE NE VOUS raccompagne pas mais vous êtes le bienvenu

parmi nous, lui dis-je en l'effleurant avec mon pistolet à ions. Shepard, on est de retour dans la zone de la coalition ? »

Shepard vérifie ses données et acquiesce. « Oui chef. »

« Excellent. » Mes hommes sont en sûreté, ce vaisseau est protégé par les patrouilles de la coalition et escorté par un escadron afin de procéder à son nettoyage et sa réaffectation. « Shepard, chargez-vous du nettoyage. J'emmène mon *partenaire*— je prononce ce mot avec dédain et sarcasme, —sur le Karter. On doit parler affaires. »

Dax me regarde d'un air courroucé mais je refuse de baisser les yeux. « *Vous* me suivez sur le Brekk. »

Je lève mon pistolet et étrécis les yeux. « Non. Pas question. *Nous* allons voir le Commandant Karter, organiser une mission de sauvetage, et demander un divorce spatial. »

Il grogne. Quoi encore ? Il est mi-homme mi-bête ?

5

 ax

Il ne faut pas moins d'une heure à ma partenaire pour faire le débriefing avec son commandant au sujet des évènements liés au conflit dans lequel j'ai été directement téléporté. Ceci étant fait, on nous donne l'ordre de faire notre rapport dans la cellule de crise du Commandant Karter au poste de commandement. Nous nous trouvons devant son bureau. Ma partenaire se tient, très attentive, à mes côtés, face au chef Prillon. Comme tous les commandants Prillon, il est aussi grand que moi, des cheveux blonds et un regard fixe de prédateur. Je ne décèle aucune douceur dans son expression ni la moindre empathie dans son regard. Il est assis bien droit, très attentif derrière son bureau, calculateur et calme en dépit de l'agacement croissant dont fait preuve ma partenaire.

« Je veux partir à sa recherche, » dit-elle au commandant, elle relève le menton pour le défier. Je ne fais qu'écouter. Le temps est mon allié, je parlerai en temps voulu. « J'emmènerai des volontaires. »

Son commandant soupire et continue de m'ignorer. « Je ne peux pas donner mon accord pour envoyer une mission de reconnaissance à destination d'un centre d'intégration pour un seul combattant de la coalition. La sécurité est déjà assez précaire comme ça Capitaine. Je ne peux risquer de perdre des guerriers dans une mission visiblement vouée à l'échec. Nous tenons ce secteur par la seule force de notre volonté. Je ne peux pas risquer la vie de valeureux combattants dans un commando suicide pour un homme qui est déjà probablement perdu. »

Voilà la vérité que ma partenaire refuse d'entendre. Un mélange de tristesse et de colère voile son visage, mais elle ne montre rien. « Je dois essayer. C'est mon frère. »

Elle est triste, j'aimerais la prendre dans mes bras pour la consoler. Ce besoin impérieux d'étreindre une femme extraterrestre, d'apaiser ses émotions, ne fait que confirmer que je suis bien sous l'emprise du lien d'accouplement. Je l'observe à loisir, face à son commandant, essayant de cacher sa peine, tel un animal blessé, je l'admire. Elle est encore plus belle et forte que l'image que j'ai vue d'elle sur la tablette de la doctoresse. L'image était terne, sans éclat, sans mouvement. En réalité, elle est tellement... différente.

Elle porte l'uniforme familier d'un combattant de la coalition, son armure rehausse délicatement les courbes de son corps. Est-ce parce qu'elle est ma partenaire, ou parce qu'elle est sacrément attirante, mais je la désire avec une force jamais ressentie jusqu'alors. Je dois me concentrer sur sa conversation avec le Commandant, tandis que je m'imagine en train d'arracher son armure et découvrir son corps avec ma langue, je ne sais plus où j'en suis. C'est *la* femme idéale, elle est à moi. Ses cheveux bruns sont rassemblés en un chignon serré sur sa nuque. Je me demande à quoi elle ressemble les cheveux détachés, je les sens déjà sur mes doigts tandis que je l'attire pour l'embrasser. Sa peau est claire, bien plus claire que la mienne ou que n'importe quel Atlan. Je doute qu'elle m'arrive ne serait-ce qu'au menton, mais elle est grande pour une femme. Elle n'est pas fragile ou menue, mais visiblement fougueuse, audacieuse et insolente en diable. Ma bête adore ce tempérament explosif et ma bite a envie de faire sa connaissance. La bête en moi a envie de surgir, de la prendre sur mon épaule et de l'emmener.

Je sais bien que n'importe quel homme posant les yeux sur elle serait instantanément attiré, je réprime mes instincts primaires, mon envie de me coller contre elle, de frotter mon sperme sur son corps afin que chaque homme à la ronde sache qu'elle m'appartient. Elle m'appartient et tout le monde doit le savoir, y compris cette femme butée qui, maintenant encore, essaie de trouver un moyen de se débarrasser de moi. Je n'ai qu'une envie, la pilonner avec ma grosse bite, elle n'a qu'une envie, me forcer à dégager.

Ce défi énerve la bête au plus haut point, j'ai hâte d'être dans la chambre pour la bouffer toute crue. Peu importe qu'elle n'ait pas eu de partenaire, ça ne me regarde pas. Comment est-ce possible qu'aucun terrien ne l'ait désirée ou épousée ? Les hommes de cette espèce ont vraiment un truc qui cloche. Les hommes humains sont de vrais idiots.

« Je suis au courant pour lui. » Le Commandant Karter lève sa main alors qu'elle est sur le point de parler. « Je sais aussi que deux de vos frères ont péri aux mains de la Ruche. Je suis désolé pour vous, mais je n'y peux rien. »

Deux de ses frères ont péri aux mains de la Ruche ? Tout s'explique. Combien de frères a-t-elle ? Les familles sur Terre sont-elles aussi proches entre elles que sur Atlan ? Ont-ils des affinités, une affection entre frère et sœur qui la pousse à voler à son secours ? Si c'est le cas, je comprends, j'ai un frère moi aussi. J'essaierai de le sauver s'il venait à être capturé. Mais c'est une femme et ma partenaire. Elle a besoin de savoir son frère en sûreté, j'y veillerai.

Je grommelle, le Commandant et elle se retournent.

« J'irai chercher votre frère. Il a été capturé à cause de moi. »

Ses talents de guerrière devraient m'impressionner,

notamment la tactique dont j'ai été témoin sur cet avion-cargo. Les femmes ne combattent pas. Elles apaisent, calment, nourrissent. Elles sont loin d'être stupides ; c'est tout le contraire en fait. La femme est la seule à pouvoir dompter la bête de son partenaire, ça demande une certaine intelligence. La fièvre de l'accouplement est décuplée par le lien, mais la rage imprévisible de la bête ne disparaît jamais complètement. Nos partenaires savent comment apaiser la colère, parfois silencieuse, qui gronde en nous. Je n'ai jamais connu un tel niveau de colère et de rage, la sachant en danger.

Je veux la protéger, la baiser, prendre soin d'elle. Mais Sarah Mills ne veut pas de partenaire et n'a pas l'air très câline. J'essaierai de conquérir son cœur en lui ramenant son frère.

Le Commandant se cale dans son fauteuil et croise les bras sur sa vaste poitrine. Si j'avais été un humain j'aurais été intimidé, mais je suis un Atlan plus baraqué que ce guerrier Prillon qui me regarde d'un sale œil. Je comprends sa colère, heureux que son agacement soit dirigé sur moi, au lieu de retomber sur ma partenaire. « Vous êtes un problème à vous tout seul, Seigneur de guerre Dax. Qu'est-ce que vous foutez dans mon secteur sans mon autorisation ?

– Je suis venu pour ma partenaire.

– Je suis un guerrier, pas une partenaire. Je l'ai déjà dit au programme des épouses. Je suis désolée que vous n'ayez pas eu l'info. » Elle regarde le commandant. « Pouvez-vous m'affecter un escadron combattant dans une zone proche du centre d'intégration ?

– Vous voulez être capturée et transformée en cyborg ? » demandais-je, ma voix résonne dans la petite pièce. Elle refuse de céder et je refuse de partir sans elle. Je ne peux pas. Elle ne porte pas les menottes aux poignets—pas encore—mais je n'abandonnerai pas ma partenaire. Elle m'appartient et je la protègerai—d'elle-même—au péril de ma vie.

Elle lève les yeux au ciel. « Non, mais je dois sauver mon frère.

– J'irai le chercher pour vous. »

Elle ouvre la bouche, ses yeux lancent des éclairs mais le commandant se lève et frappe du poing sur son bureau. « Aucun de vous n'ira secourir un homme mort sur le territoire de la Ruche. Capitaine Mills, votre frère est mort. S'ils ne le tuent pas, ils le formateront pour qu'il pense 'Ruche', son corps subira des modifications via leur technologie synthétique, nous ne pourrons pas les retirer. Il est mort. Je suis désolé. La réponse est non.'

Le commandant se tourne vers moi. « Quant à vous, Seigneur de guerre Dax, retournez en salle de téléportation et quittez mon vaisseau. Vu votre comportement, je n'ai pas besoin que vous vous transformiez en mode berserk et vous fassiez descendre. Retournez sur Atlan et trouvez-vous une autre partenaire.

– Ma partenaire est ici. Si je quitte ce vaisseau, elle part avec moi. »

Je préfère que ma partenaire consente à notre union

mais s'il le faut vraiment, un mariage forcé reste toujours possible. C'est parfois la seule façon de sauver la vie d'un guerrier. Je ne vais pas la forcer à accepter, j'ai simplement besoin de sa présence pour apaiser la bête. Je la séduirai, je la ferai jouir inlassablement jusqu'à ce qu'elle ne veuille qu'une chose, me plaire, me baiser, me calmer.

Je croise les bras sur la poitrine. Je sais qu'elle n'aime pas qu'on lui donne des ordres, je la kidnapperai si nécessaire.

Je n'ai pas besoin d'une union durable pour calmer ma bête, j'ai juste besoin de sa présence. Un mariage forcé est déshonorant, l'acte désespéré d'un homme désespéré, je ne veux pas être réduit à cette extrémité. Forcer les choses ne fera qu'affaiblir le lien à long terme. Si je dois m'accoupler à cette terrienne pour le restant de mes jours, je veux au moins qu'elle m'apprécie. J'ai envie de la dorloter, de la chérir—et évidemment de la sauter, mais je ne prendrai pas cette femme contre son gré.

Plutôt mourir.

Toutefois, ce jeu de séduction me tente bien.

« Elle ne part pas avec vous, seigneur de guerre, elle ne consent pas à cette union. Elle n'est pas une épouse de la coalition, mais le Capitaine Mills de l'Escadron de Reconnaissance numéro 7. » Le Commandant est catégorique. « A cet instant précis, elle m'appartient. Les guerriers *Prillon* ne forcent pas les femmes à contracter des unions contre leur gré. »

Sarah sourit et mon sexe s'agite. Il est hors de question qu'elle soit encore plus jolie quand elle se tient bien droite et sage. Elle est victorieuse et toute puissante, le commandant la soutient, mais ce n'est pas ça qui va la contenter, je suis là pour le lui rappeler.

Je me détourne du commandant et lui fais face. « Il ne vous autorise pas à aller chercher votre frère. »

Son regard passe du commandant à moi. « Que puis-je faire ?

– Réintégrer votre unité et exécuter les ordres pendant les deux ans qui vous restent à tirer. » Elle se raidit en entendant l'ordre du Commandant, qui ajoute, « Vous êtes l'un de nos meilleurs chefs d'escadrille. Vous êtes brillante, rapide, et vous ne cédez pas à la panique. Les hommes ont confiance en vous. Vous pourrez faire de grandes choses ici capitaine. On a besoin d'officiers comme vous. »

Je pousse un autre grognement ; l'idée que ma partenaire reparte au combat sans que je sois à ses côtés est plus que ma bête ne peut supporter. Quand je repense à l'échange de tirs dont j'ai été témoin, toutes ces explosions au-dessus de ma tête, la bête commence à s'agiter. Je vais faire savoir au commandant que ces paroles me déplaisent. Il est grand pour un Prillon, mais je suis plus grand que lui. « Elle ne retournera *pas* au combat.

– Rentrez sur Atlan, seigneur de guerre, rétorque-t-il. Trouvez-vous une autre partenaire.

– J'en veux pas d'autre. »

Sarah se contracte, elle m'observe, incrédule.

« Alors vous attendrez qu'elle ait terminé son service, dans deux ans, ordonne le commandant.

– Mon cul, grondais-je. Je serai mort d'ici là. »

Elle hausse les sourcils.

Le commandant me regarde. « La fièvre de l'accouplement ? Il vous reste combien de temps ?

– Pas beaucoup. » Je lui réponds brièvement tout en fixant Sarah.

« Comment ça vous mort ? Vous êtes malade ? » demande-t-elle. Je la vois inquiète, et en colère. Tout espoir n'est peut-être pas perdu.

« Commandant, pourrais-je parler avec ma partenaire... en privé s'il vous plaît ? »

Le Prillon nous dévisage tour à tour. Sarah hoche la tête, il sort sans un mot, la porte se referme derrière lui.

Elle s'inquiète, je reprends espoir.

« La fièvre de l'accouplement. Tous les hommes Atlan en souffrent mais sont atteints à divers degrés. Elle dure plusieurs semaines, elle va crescendo. Je suis plus âgé que les hommes atteints par la fièvre, mais peu importe. Lorsqu'elle s'empare de nous, les hommes perdent la raison et leur discernement—comme moi—et se transforment en berserk. » Je lui montre mes mains tachées. « Mon corps se transforme en une bête qui n'a plus grand chose d'humain. La colère s'empare de moi sans raison, pur instinct animal. Je peux arracher la tête des mecs de la Ruche sans moufter, mais cela ne s'arrêtera pas pour autant. La seule personne capable d'exercer un quelconque contrôle sur un Atlan berserk est sa partenaire. Le seul moyen de calmer la bête est d'être apaisé et accepté par nos partenaires, en baisant. »

Elle écarquille les yeux.

« Et si vous ... baisez pas, vous mourrez ? C'est insensé, » dit-elle, surprise. L'entendre prononcer le mot *baiser* m'arrache un grognement.

« Ça ne s'appelle pas *la fièvre de l'accouplement* pour rien. C'est la garantie que tous les hommes Atlan soient accouplés avec la bonne partenaire, afin de perpétuer l'espèce. Un homme sans partenaire meurt.

– C'est la loi du plus fort, répond-elle.

– Je ne connais pas cette expression. »

Elle lève la main. « Peu importe, je comprends ... le concept. Si vous avez besoin de baiser, trouvez-vous une pute, réplique-t-elle. Vous n'avez pas besoin de moi. Le premier vagin venu fera bien l'affaire. »

Son affirmation me met hors de moi. « Non, la première venue ne fera pas l'affaire, » grondais-je, j'inspire profondément. Evidemment, je pensais différemment il n'y a pas si longtemps, mais là, elle est devant moi et je sais dans mon for intérieur que cette femme est pour moi. Je n'ai pas besoin de passer par le programme d'accouplement pour le savoir. C'est *la fièvre de l'accouplement*. Elle ne baissera que lorsque j'aurais baisé ma *partenaire*. A savoir, vous. »

Elle garde le silence, j'avance. Je m'approche. « Vous savez ce que je vois quand je vous regarde ? »

Elle secoue la tête.

« Une peau claire que j'ai envie de toucher. Elle doit être douce. Vous êtes douce de partout ? Vous essayez de cacher vos seins ronds et fermes sous votre armure. Ils tiennent dans la main. J'ai envie de les soupeser. J'ai envie de voir vos tétons pointer pendant que je les titille. J'aimerais bien goûter votre lèvre charnue. Et votre chatte— »

Elle lève la main pour me repousser mais finit par la poser sur ma poitrine. Je pose ma main sur la sienne jusqu'à ce qu'elle recule contre le mur. Je ne lui laisse pas d'espace—elle n'en a pas besoin—je colle ma jambe contre elle. Vu la différence de taille, elle est presque à cheval dessus.

Ses pupilles se dilatent, elle reste bouche bée. Parfait, elle vit dans l'instant. Je n'ai pas besoin d'une femme qui se prend la tête, c'est bien la femme qu'il me faut. Elle a besoin qu'on s'occupe d'elle pour changer. Et ça commence maintenant.

« Tu es à moi, Sarah, je ne t'abandonnerai pas.

– On doit baiser pour que tu guérisses ? Tu ne mourras pas ? » Elle me regarde avec un air excité, je la laisse faire, je lis du désir dans ses yeux. Ça m'excite. « Parfait. On va baiser—un coup d'un soir—et on repartira chacun de notre côté. Ça fait un bail et je suis sûre que tu dois être... un amant... intéressant. »

Sa déclaration m'excite encore plus mais je secoue la tête, elle n'a pas l'air de comprendre. « On ne repartira pas *chacun de son côté*. Nous sommes des partenaires pour la vie. Pour en revenir à la fièvre de l'accouplement, une fois ne suffit pas. On va devoir coucher ensemble à plusieurs reprises... » Je me penche vers elle, frotte mon nez contre sa joue, je sens son odeur,...

jusqu'à ce que la fièvre se soit calmée, ait définitivement baissé. »

Elle lève les mains à hauteur de ma poitrine et j'attrape ses poignets, je les immobilise au-dessus de sa tête et poursuis l'exploration de son cou, j'enfouis mon nez derrière son oreille et sens ses cheveux. Elle respire de façon saccadée et murmure, « Et si je te baise pas jusqu'à ce que la fièvre retombe ?

– Je meurs.

– Tu veux que je sois ta partenaire sinon tu meurs ? » Je relève la tête et la regarde dans les yeux, les lèvres entrouvertes. Le respect que j'éprouve à son égard grandit tandis qu'elle soutient mon regard, elle ne baisse pas les yeux. Ça prouve qu'elle me déteste moins. Elle humecte ses lèvres, je sais alors qu'elle m'appartient.

« Si tu me rejettes, Sarah, je quitterai ce vaisseau avec mon honneur mais j'en mourrais. » Je plie mon genou et soulève son corps, elle est à califourchon sur ma jambe, son clitoris et sa chatte frottent sur ma cuisse à travers nos uniformes. « Mais la mort ne me tente pas. Je combats la Ruche depuis dix ans, femme. La mort ne me fait pas peur. »

Elle secoue imperceptiblement la tête, comme pour se débarrasser de mon regard empli de désir. « Je ne comprends pas ce que tu fais là. Tu ne pouvais pas te trouver une femme sur Atlan avec laquelle te caser ? » Les bras au-dessus de sa tête et son sexe sur ma cuisse, elle est là, telle une offrande, mais je ne vais pas en profiter pour autant, pas maintenant.

« C'est *toi* ma partenaire. J'ai envie de *toi*. J'ai envie de toi parce que tu es *la* femme idéale. Je le sens. La première fois que je t'ai vue, j'ai eu envie de te prendre sur mon épaule et de t'emmener.

– Parce qu'une femme ne peut pas se battre, réplique-t-elle.

– Evidemment qu'une femme *peut* se battre. Mais elle ne *devrait* pas. J'ai envie de t'enlever, de te plaquer contre un mur et te baiser. Tout simplement. » Je frotte son sexe avec ma cuisse. « De préférence nue et sans ton équipe pour mater. »

Elle ouvre la bouche et écarquille les yeux. Sa poitrine se soulève, elle a envie de moi, elle ressent cette attirance entre nous.

« Ne renie pas ton désir pour moi. »

Elle bafouille, regarde ma poitrine, le sol. Tout sauf moi. « Je ne te connais même pas.

– Ton corps me connaît. Ton âme aussi. Bientôt, ton corps et ton âme ne feront qu'un. Il existe un truc spécial entre partenaires, une connexion viscérale, si profonde et permanente qu'elle défie toute logique. Ça ne fait aucun doute, on *sait* qu'on est fait l'un pour l'autre."

Elle secoue la tête et ferme les yeux tandis que je contracte les muscles de ma cuisse, excitant son sexe avec ma chaleur et ma force.

« Tu rejettes la... connexion ? »

Elle secoue la tête, ses cheveux frottent contre le mur. « Tu sais bien que je ne peux pas.

– Tu peux pas quoi ? » demandais-je en faisant courir

mes lèvres sur la courbe délicate de sa mâchoire, le lobe de son oreille. Son cœur palpite dans son cou. Je la sens. Je sens sa sueur et quelque chose de plus musqué et féminin qui apaise et excite la bête.

« Te rejeter. » J'ai le cœur qui bat, elle ne prononce pas les mots tant redoutés.

« Ah, Sarah. C'est une mission difficile qui t'attend. Je veillerai sur toi, à ce qu'il ne t'arrive rien. Ne redoute pas notre lien. J'ai besoin de te baiser pour survivre, mais on a le temps. Je te laisse le temps de te faire à l'idée. Je te baiserai quand tu seras prête, quand tu me supplieras de te baiser avec ma grosse bite. »

Elle gémit et je me presse contre elle.

« Mais là, j'ai envie de t'embrasser Sarah. J'ai besoin de te goûter. »

Elle ouvre les yeux, toute colère, toute résistance s'est envolée. La bête a envie de hurler face à sa reddition. Ma Sarah, elle lutte farouchement pour être un guerrier. Elle est forte, ça oui, mais pas nécessairement tout le temps. Je suis là maintenant, pour l'aider à partager son fardeau, ses soucis. La protéger du danger. Elle est moi, j'ai le droit de la baiser, de la dompter, de la protéger... mais elle ne le comprend pas encore.

6

 *ax*

J'ATTENDS, nos souffles se mêlent, ses cuisses voluptueuses se pressent contre les miennes.

Au lieu de répondre, elle incline la tête et m'embrasse.

A cet instant précis, la bête sort. Elle s'empare du baiser, plonge une main dans ses cheveux, attrape sa tête et la bascule doucement en arrière pour l'embrasser plus fougueusement. Ma langue explore sa bouche, joue avec la sienne, la goûte, la lèche. Son goût décuple mon excitation et je me colle contre elle, en espérant qu'elle se serve de ma cuisse pour se donner du plaisir. Elle ne se refuse pas à moi, s'agite et se met sur la pointe des pieds pour se coller contre moi tandis que je l'embrasse sans relâche.

Sa lèvre inférieure est pulpeuse à souhait. Son corps est souple sous son armure, il me va comme un gant. Mais la bête est exigeante, ce baiser langoureux ne lui suffit pas. J'ai envie d'elle mais ce n'est ni le lieu ni le moment, je retiens la bête. Je relève la tête, regarde Sarah dans les yeux, elle a les joues roses, les lèvres gonflées. Je pousse un grognement, ses yeux sont emplis de désir.

« J'ai envie de toi. J'ai envie de pénétrer ta chatte humide et de te baiser jusqu'à ce que tu n'arrives plus à marcher. Je veux t'entendre prononcer mon nom tandis que tu me feras jouir. » Je mordille sa lèvre inférieure, mes dents sont plus aiguisées à cause de la bête, j'apaise la morsure en les léchant. « J'ai envie de te goûter, Sarah, de partout, lécher ta chatte jusqu'à ce que tu hurles de plaisir. »

Elle rit, j'ai encore envie de l'embrasser. « On ne sait même pas si on va bien s'entendre.

– Je suis sûr que oui. » Je caresse sa joue et recule. Je n'ai pas envie mais elle est la tentation personnifiée, la bête n'a pas envie de résister, même avec un pistolet à ions pointé sur moi.

« La situation est embarrassante, ajoutais-je. Tu es la seule femme qui puisse me sauver de la mort et je suis le seul à pouvoir sauver ton frère. »

Elle mord sa lèvre pulpeuse et fronce les sourcils. « Comment ? Le Commandant nous a interdit de partir à sa recherche.

– Oui mais il existe une solution, » répliquais-je, ignorant le désir qui m'attire vers elle. Je défais les menottes qui pendent à ma ceinture et les lui montre. « Des menottes d'accouplement. Tu vois, je porte déjà les miennes. Ça veut dire que j'ai une partenaire—toi et toi seule. Personne ne peut remettre mon accouplement en doute. » Elle regarde les bracelets dorés que je tiens à la main, elle lève la main gauche et touche le métal qui enserre mes poignets, son exploration douce me fait frissonner. J'ai envie qu'elle me touche ailleurs.

« A quoi ça sert ?

– Ces bracelets sont une forme d'engagement, un signe extérieur d'accouplement. Ils nous permettent de rester à proximité, jusqu'à ce que la fièvre de l'accouplement soit passée et qu'on soit officiellement en couple. Les bracelets d'accouplement Atlan sont connus dans toute la coalition. Personne ne doutera jamais de ton lien. Tout le monde sait que je t'appartiens."

"Tu peux pas les enlever ?"

Je secoue la tête, j'aimerais qu'elle comprenne. "Je t'appartiens, partenaire, jusqu'à ce que la fièvre soit tombée. On peut les enlever après, mais on sera toujours en couple. Ça ne changera *jamais*. Quand je les porte, je dis que je suis en couple. Marié. Pris. J'ai choisi ma femme. Toi. » Je secoue la petite paire de bracelets. « Ce sont les tiens. Deviens ma partenaire et ensemble, nous sauverons ton frère. »

Elle reste bouche bée, je vois presque son cerveau mouliner à cent à l'heure.

Elle croise les bras sur sa poitrine, non par défi mais pour se protéger. Elle est choquée et peu sûre d'elle, elle s'enlace. Quelqu'un l'a déjà prise dans ses bras ? Cajolée ? Protégée des aléas de la vie ? Elle est forte de nature ou parce que les hommes de sa vie l'ont rendue ainsi ?

« Le Commandant ne nous permettra pas de partir.

– C'est vrai, tant qu'on est tous les deux des officiers de la flotte de la coalition. Il est également vrai, partenaire, qu'organiser une mission de sauvetage pour un seul soldat n'est pas une super idée. Si tu mets ces bracelets, ça voudra dire que tu es mon épouse et que je suis un Atlan en couple. Nous serons tous les deux exemptés de service militaire.

– Rien qu'en mettant ces bracelets ?

– Si tu les mets, tu t'engages à apaiser ma fièvre. A y mettre un terme. Souviens-toi, il s'agit de *la fièvre de l'accouplement*, tu t'engages à devenir ma partenaire.

– Les bracelets mettront un terme à notre engagement dans l'armée ? »

Je hoche la tête. « Nous n'appartiendrons plus à la flotte, Sarah, mais l'un à l'autre. Nous n'aurons plus à obéir aux ordres et aux règles des commandants de la coalition. »

Elle regarde les bracelets mais refuse de les toucher. Elle écoute, c'est tout ce que je lui demande pour le moment.

« Je fais le serment de t'aider à retrouver ton frère. Que tu mettes les bracelets ou pas, je t'aiderai, tu as ma parole. Toutefois, si tu ne souhaites pas devenir mon épouse et me suivre, tu irais à l'encontre de l'ordre direct du Commandant Karter. Si nous réussissons, tu retrouveras ton frère, mais tu écoperas de plusieurs années de prison dans les cellules de la coalition.

– Pourquoi tu fais ça ? » Elle me dévisage, cherchant à savoir la vérité. « Pourquoi tu m'offres tout ça ? Pourquoi risquer ta vie pour mon frère ? Tu ne nous connais même pas.

– Toi seule compte à mes yeux. » Je prononce ces mots avec véhémence, choqué de découvrir que je dis vrai. Mon désir de poursuivre le combat contre Ruche s'est évanoui au moment-même où je l'ai vu. Je veux la conquérir, faire d'elle ma femme. Je n'aurais jamais cru que ma vie prendrait un tel tournant en si peu de temps. Il y a quelques heures à peine, je ne voulais pas de partenaire. Et voilà que je tiens à elle plus que tout. Je ne cache pas les bracelets, je les mets bien en vue.

« Je... je ne ressemble pas aux femmes de ta planète ? Comment peux-tu vouloir de moi ?

– Non, affirmais-je. Les femmes sont douces sur Atlan, Sarah. Elles nourrissent, soignent, elles ne combattent pas. Elles n'ont pas ton dynamisme.

– Tu recherches quoi exactement ? Un paillasson ? »

Je me renfrogne. « J'ignore ce qu'est un paillasson.

– Une femme qui n'élève jamais le ton, qui obéit à tout ce que tu lui dis. Une femme docile. »

Les femmes *sont* dociles sur Atlan. Non pas dociles parce qu'on les y contraint, mais parce qu'elles sont éduquées ainsi. Elles apprécient leur rôle, se fient à leurs partenaires pour prendre soin d'elles. Mais Sarah ? C'est loin d'être une Atlan et je doute qu'elle devienne docile.

Je ricane. « Toi ? Docile ? Je te connais depuis deux heures à peine, tu es tout sauf docile. »

Elle se tait, je la vois rougir.

« Je n'ai jamais dit que je voulais une femme Atlan docile. »

Elle ne répond pas mais m'adresse un regard dubitatif.

« Je ne mens pas, Sarah. Si tu ne me fais pas confiance, fie-toi au protocole d'accouplement. Il ne ment pas. Si je voulais vraiment épouser une femme Atlan, j'aurais pu. Mais c'est *toi* que je veux. J'ai envie que ton désir me consume. »

Le baiser n'est pas suffisant. Ce n'était que les prémices. Torrides, fugaces, passionnés. J'ai envie de sentir cette femme sous moi. De ressentir la colère, la frustration, l'intensité se muer en passion. Que cette passion me soit réservée. Il ne fait aucun doute qu'elle est fougueuse, ça doit être une partenaire agressive et torride au lit. Je m'emploierai à commuer sa fougue en plaisir. L'accouplement ne sera pas tendre. Ce sera violent et sauvage, je devrai lutter pour la dompter, mais le jeu en vaut la chandelle, sa reddition n'en sera que plus douce. Elle se fait violence, elle essaie de lutter contre ses envies. J'en ai la certitude. Non que je la brime, mais je veux tester ses limites, la voir se contorsionner, découvrir ses désirs les plus secrets.

Je me jette sur sa bouche, je veux qu'elle sache combien j'ai envie d'elle. Je glisse mes mains derrière son dos, faisant en sorte que son corps se surélève sur ma cuisse jusqu'à ce qu'on se retrouve l'un contre l'autre, qu'elle sente mon érection. Elle touche mes biceps, m'embrasse, ne me repousse pas.

On frappe à la porte, je recule, je n'ai pas envie de briser ce moment intime avec ma partenaire. Je la garde contre moi, elle est bien plus petite blottie dans mes bras. J'essaie d'être doux alors que la bête enrage, elle veut que j'enlève son armure et la fasse mienne, à même le sol. « Dis oui, Sarah. Deviens ma femme.

– Tu jures de m'aider à retrouver mon frère si je dis oui ? » Elle tapote les bracelets se balançant au bout de ma main.

« Je ne mens pas. Je ne mentirais *jamais* à ma partenaire. J'en fais le serment, puisque tu ne me connais pas. » Je place ma main droite sur mon cœur, les bracelets tintent entre nous. « Je t'aiderai, que tu acceptes cette union ou pas. »

Elle me regarde, à la recherche d'une trace de tromperie. Il n'y en a aucune, je l'aiderai, peu importe son choix. Si elle me rejette, j'irai seul à la recherche de son frère et lui éviterai la cellule de la prison de la coalition. Et puis je mourrai. La bête prendra le dessus. Sans partenaire, je serai exécuté, mais je n'influerai pas sur sa décision. Si je meurs, je jouirai du repos éternel, mon honneur sera sauf.

Si elle dit oui, si elle passe mes bracelets à ses poignets, je n'aurai d'autre choix que partir avec elle à la recherche de son frère, non seulement je lui ai donné ma parole mais une fois qu'elle aura passé les bracelets, on ne pourra pas nous séparer, jusqu'à ce qu'on soit réellement accouplés.

Pire encore, si je trahis sa confiance, elle ne me permettra jamais de la sauter, de m'accoupler. Et alors, je mourrai.

Elle a les pleins pouvoirs. Nous nageons en plein dilemme. On a besoin l'un de l'autre. Chacun a un prix à payer. Je cours un danger à la place de ma partenaire pour retrouver son frère. Elle devient ma partenaire. Définitivement. Vu sa façon d'embrasser, ça ne sera pas une punition.

« Très bien. J'accepte. »

Je pousse un grognement sourd. Le fait de l'entendre apaise la bête, encore plus que le baiser. Elle a envie de s'échapper mais ça la calme. Ça me calme. Ça nous calme.

On frappe à la porte. J'ouvre au commandant. Je sais que c'est lui. Je suis non seulement un ex-guerrier sauvage téléporté en plein combat et qui mis la Ruche en pièces, mais aussi un Atlan qui souhaite s'accoupler à l'un de ses meilleurs officiers.

Il entre et nous regarde tour à tour.

« Vous ne pouvez accepter la proposition du seigneur de guerre. » Il est futé, il sait pertinemment ce que je lui ai proposé et ce qu'il lui en coûtera.

« Trop tard.

– Capitaine, je mets en doute le bien-fondé de votre décision, réplique le commandant. Soyez logique. Servez-vous de votre esprit d'analyse Sarah. Votre frère est perdu. Ne faites pas ce sacrifice, sachant qu'il n'y aucun espoir de ramener Seth vivant.

– Seth est vivant. Je le sais. J'ai promis à mon père. Je ne pas le perdre lui aussi. Je n'ai plus que lui. Je suis désolée, Commandant Karter, mais je dois partir à sa recherche. » Sa dernière phrase sonne telle un mantra. Elle arrache ses brassards et les jette à ses pieds. Elle prend les bracelets et remonte sa chemise, dégageant ses avant-bras. L'un après l'autre, elle glisse les bracelets à ses poignets. Ils se referment automatiquement et s'ajustent à sa peau délicate.

Elle me jette un coup d'œil, relève le menton et se tourne vers le commandant. « Et maintenant ? »

Le commandant soupire. « Capitaine Mills, vous venez de passer les bracelets d'accouplement d'un Atlan, vous allez être transférée dans le Programme des Epouses Interstellaires. Vous êtes relevée de vos fonctions de commandement avec effet immédiat. Vous n'êtes plus membre de la flotte de la coalition. Rendez votre arme. »

D'un geste précis, elle prend le pistolet sur sa hanche et le tend au Prillon. Elle n'a pas l'air de douter de sa décision. Sa finalité semble plutôt confirmer sa résolution.

Le Commandant Karter se tourne vers moi. « Eh bien, je présume que vous avez eu ce que vous voulez. » Il passe sa main dans ses cheveux et soupire. « Allez voir Silva sur le pont des civils. Elle vous affectera à vos quartiers temporaires. »

Sarah place ses mains sur ses hanches. « Nous ne restons pas. On se téléporte immédiatement. »

Le Commandant secoue la tête. « Je crains que ce soit impossible.

– Pourquoi ? Je vous ai promis qu'on vous débarrasserait le plancher une fois qu'on pourrait se téléporter là où la Ruche détient Seth.

– Il n'y a plus de moyen de transport jusqu'à demain treize heures. » Elle reste bouche bée, sous le choc, il ajoute, « Nous traversons un champ de débris magnétiques. C'est trop dangereux. Tout le secteur est bloqué. Aucun transport, aucun vol.

– Non ! » Pendant au moins seize heures, il n'y aura aucun transport, aucun combat, aucun mouvement. Normalement, tout l'escadron fête ces gigantesques tempêtes magnétiques qui permettent de se reposer et de se détendre. Sarah me décoche un regard, je lis en elle comme un livre ouvert. Elle s'inquiète pour son frère, pour le temps supplémentaire dont dispose la Ruche pour le torturer et l'altérer. Mais elle se demande également ce que je vais bien pouvoir lui demander pendant les seize prochaines heures.

Je ne peux pas aller chercher son frère, mais je peux lui proposer une distraction qui vaut le coup. Peut-être qu'une bonne nuit passée à baiser nous éclaircira les idées.

*S*arah

JE RAMASSE mes brassards par terre, tourne les talons et quitte la salle de cellule de crise du commandant, suivie par mon nouveau *partenaire*.

Me voici donc mariée à un partenaire et seigneur de guerre Atlan qui embrasse divinement bien. Peu importe. Une fois sortie du bureau du commandant, je tire sur mes bracelets, j'essaie de les retirer. Je suis peut-être la partenaire de Dax, j'ai failli jouir sur sa cuisse mais je n'ai pas besoin de porter ces foutus machins. Je les ai mis pour faire bien devant le Commandant Karter, je ne vais pas revenir sur ma parole. Non. Lorsque Dax m'aura aidé à retrouver mon frère, j'essaierai de devenir une bonne épouse. Vu comme il embrasse, la nuit avec lui promet d'être torride. Jusque-là je n'ai pas besoin de ces... je tire encore et encore ... signes ostensibles qui prouvent que je suis liée à un seigneur de guerre. Que je lui *appartiens*. Ma parole suffit.

Je force pour essayer de les ouvrir. Rien à faire. Merde. Ils sont serrés mais j'arrive à passer les doigts sous les bracelets d'or. Je ne vois pas de fermoir. Ça se ferme comment bon sang ?

J'adresse un signe de tête aux deux guerriers qui me saluent en me dépassant dans le couloir. C'est probablement les deux derniers saluts auxquels j'aurai droit puisque je ne fais plus partie de la flotte de la coalition. J'ai tenu deux mois, pas deux ans. Je ne suis pas morte, c'est déjà ça. A moins que devenir sa femme soit ... pire.

Il est effronté et n'a pas froid aux yeux, son petit sourire narquois laisse présager un côté fort coquin qui n'est pas pour me déplaire. Le fait de l'entendre respirer me met hors de moi. M'excite. A cause de lui ? C'est son baiser qui m'a rendue dingue ? Et *excitée*. Bon sang, il *est* bandant comme pas deux. Il a fait en sorte que j'ai *envie* de le toucher. Il m'a dit ce qu'il comptait me faire, niveau Cro-Magnon, des trucs branchés cul—heureusement qu'il m'a dit tout ça en privé—j'aurais pas pu tenir.

Mais surtout, je l'ai embrassé comme une femme excitée par ses avances. Au début je lui ai rendu son baiser parce que, parce que quoi d'ailleurs ? Pour lui prouver que je pouvais faire pareil ? Mais lorsque nos lèvres se sont effleurées, c'était *différent. Je voulais qu'il continue.* Il a écarté mes jambes avec sa cuisse musclée et m'a soulevée de façon à se coller contre moi. Mon vagin se languissait de sentir sa grosse bite, mon clitoris tout gonflé se frottait contre lui, se réveillait. Entre sa langue et sa jambe, j'ai failli avoir un orgasme de première. Sans aucune honte. Il a même poussé un grondement quand je mouillais, comme s'il avait pu le sentir ou je ne sais quoi.

Je n'ai jamais ressenti ça avec aucun homme. Clouée au mur, j'étais à sa merci. Je n'ai *jamais* été à la merci de personne mais avec Dax, son baiser, ses caresses, ses murmures et sa... bon sang, sa grosse bite contre mon bas-ventre, zone que l'armure ne protège pas... j'avais envie de lui.

Mais ma décision de devenir sa partenaire n'est pas motivée par une envie de sexe. J'ai accepté son offre parce que je veux retrouver Seth. Il va m'aider et je ne moisirai pas en prison pour le restant de mes jours. Grâce à la taille de Dax, sa bravoure, sa force, j'ai toutes les chances de mon côté pour ramener mon frère.

J'inspire profondément et me dirige vers l'ascenseur. Dax est toujours dans la salle du commandant, j'ignore pourquoi. Il aurait dû me suivre puisqu'on a conclu un pacte. Il a dit qu'il mourrait sans moi, son espèce est vachement mal foutue. Merde alors, je vis sans mari depuis vingt-sept ans et je m'en porte pas plus mal.

Une chose est sûre, mon vagin doit être tout poussiéreux à force d'abstinence, mais qui a besoin d'un mec, et de toutes les histoires que ça génère, quand un bon vibromasseur fait parfaitement l'affaire ? Mon vibromasseur ne m'énerve jamais. Évidemment, le vibromasseur n'a pas de larges mains, un physique musclé ou une attitude protectrice. Il n'embrasse pas non plus comme s'il devait mourir demain.

Ok, j'avoue. Dax vaut mieux qu'un vibromasseur. Pour l'instant du moins.

« Ah! » je pousse un cri, mes bracelets me font soudainement très mal aux poignets. « Putain ! » J'arrête de bouger et pose ma main dessus. La douleur ne faiblit pas mais irradie dans mon bras. Comme si je m'étais électrocutée, sans pouvoir enlever les doigts de la prise. Je ne serais pas surprise que mes cheveux soient dressés sur ma tête. Putain il m'a fait quoi ce seigneur de guerre ?

La lune de miel est terminée, je pivote sur mes talons et me rue dans le couloir. Arrivée à proximité de la porte du Commandant, la douleur s'arrête mais les petites secousses continuent. Je secoue les mains pour faire circuler le sang. C'est peut-être un court-circuit, un mauvais contact ? J'inspire profondément, la douleur disparaît totalement. Une fois encore, je me retourne et parcours le couloir. Je fais comme précédemment, la douleur revient. Mais cette fois-ci, je sais à quoi m'attendre et je pousse un cri de colère et non de douleur.

Le connard. Qu'est-ce qu'il fout putain ? C'est télécommandé ? Il me regarde et il se moque de moi ?

Je marche vers la porte et l'ouvre sans ralentir. Les deux hommes se tiennent devant moi. Le commandant me regarde, le seigneur de guerre m'adresse un sourire suffisant.

« T'es revenue, » gronde Dax.

Je lève les mains. « Oui, tes bracelets sont défectueux.

– Oh ?

– Comme si tu le savais pas, » grommelais-je.

Le Commandant glousse, me tape sur le dos et sort de la salle. « Heureusement que cette petite querelle d'amoureux n'est plus de mon ressort, » il m'énerve encore plus que Dax.

Je me tais et déboule hors de la pièce, mais cette fois, je m'assure que Dax me suit.

Nous sommes seuls dans le couloir. On n'entend que le léger ronronnement du vaisseau, je suis prête à l'affronter.

Dax lève ses mains et parle avant que je n'aie le temps de lui crier dessus. « J'ai rien fait à tes bracelets. Ils fonctionnent correctement.

– Ça fait comme des électro-chocs ! Ils ne fonctionnent pas correctement. » Je tire dessus.

« Les partenaires Atlan non accouplés qui portent les bracelets doivent rester à cent pas l'un de l'autre, sinon, leurs bracelets émettent une... douleur qui nécessite leur rapprochement.

– Leur rapprochement ? hurlais-je, je perds mon sang-froid, je déteste être tenue comme un chien en laisse.

– Tu gueules toujours comme ça ? rétorque-t-il.

– Tu maltraites toujours ta partenaire ? »

Son expression, toute son attitude change devant ma question, il me pousse contre le mur. Je me maudis, je regarde ses lèvres, je me demande s'il va m'embrasser. « Sarah Mills de la Terre, tu n'es pas *seulement* ma partenaire. Je n'ai absolument pas envie de te faire le moindre mal. Il est de mon devoir de te protéger, te procurer du plaisir est un privilège. »

Je rougis au souvenir de sa bouche sur la mienne, sa façon d'exciter mon clitoris, mais je n'en fais pas cas.

« Ces ... trucs, j'agite les bras, me font mal.

– Et tu crois que moi non ? »

Je regarde ses poignets menottés d'or. « Toi aussi ? »

Il hoche la tête, une boucle brune retombe sur son front. « Nous sommes en couple, tu as mal, j'ai mal. Tu aimes, j'aime. Tu ne peux t'éloigner de plus d'une centaine de pas de moi sinon tu ressentiras une douleur, mais ça vaut pour nous deux. Je ne peux pas m'éloigner de toi tant que la fièvre n'est pas tombée. »

Ce qui veut dire qu'on doit baiser. Baiser comme des bêtes.

« T'as l'air d'aller bien.

– La fièvre monte et descend. Comme lors du combat, tu comprendras vite quand elle remontera.

– Puisque ces bracelets font aussi mal, pourquoi ne m'as-tu pas rejoint ?

– T'es peut-être le chef de ton escadron, mais en couple c'est moi le chef, et c'est moi qui dirige la mission pour récupérer ton frère. »

Je m'écarte de son passage et arpente le couloir.

« Voilà exactement pourquoi je ne voulais pas de partenaire. Voilà pourquoi je n'étais pas d'accord pour avoir un partenaire. Les hommes veulent toujours commander. C'est complètement absurde.

– Tu n'es dans l'espace que depuis deux mois. Ça fait dix ans que je supervise les troupes de la coalition. Je connais mieux la Ruche que toi. Je suis plus à même que toi de comment récupérer ton frère. Je suis un Atlan, contrairement à toi. »

Je ne prends pas la peine de me retourner. Je suis dans une colère noire. Je ne peux pas m'éloigner de lui de plus d'une centaine de pas sans ressentir une douleur terrible. Pourquoi ne pas l'avoir mentionné *avant* que j'accepte d'enfiler ces maudits bracelets ?

« On s'installera sur Atlan quand on aura retrouvé ton frère. Je te ferai découvrir ma planète. Tu vas adorer. Mais je préfèrerais qu'on s'en sorte pour vivre ces expériences à deux.

– Tu veux que je te suive parce que... cette vie dans l'espace est nouvelle pour moi.

– En partie, mais je suis un homme Atlan, et donc responsable. Si ça ne te suffit pas pour calmer ton ego, pour que tu acceptes de baisser les armes, sache que je suis également ton supérieur hiérarchique.

– Non. Je suis un citoyen ordinaire, tu te souviens ? » Je fais la moue. Obéir ? Je n'ai jamais obéi *à personne*.

« C'est l'homme le responsable, Sarah. C'est dans nos coutumes, c'est comme ça sur Atlan.

– Oui, tu m'as parlé des femmes sur Atlan.

– Oui, mais tu *veux* que je dirige. Tu veux que ton partenaire décide. » Il tourne mon visage vers le sien et me regarde droit dans les yeux. « Inutile de te battre, Sarah. C'est terminé. Je suis là maintenant. Je vais m'occuper de toi selon ton désir. »

J'écarquille les yeux, incrédule. « Je n'ai pas *besoin* qu'un homme s'occupe de moi, je veux pas de ça ! rétorquais-je.

– Si, sinon on ne serait pas en couple.

– Je te donne l'impression d'une femme aimant obéir ? »

Il m'examine d'un air interrogateur. « Non, mais t'as aimé quand je t'ai embrassé. Tu t'es laissée aller. »

Je grimace, je peux pas nier avoir apprécié ce baiser, soyons honnête. Il a raison. J'ai aimé être clouée au mur. Quelle femme n'aimerait pas être baisée contre un mur ? Quelle femme n'aime pas coucher avec un mec dominateur ? Où est l'intérêt de toujours avoir le dessus sur un mec ? Aucun. C'est pas pour autant que j'ai envie qu'il joue au chef. J'en ai assez eu comme ça dans ma vie. Le Commandant Karter était le dernier d'une longue lignée d'officiers et il me faisait copieusement chier.

Je n'ai pas envie d'être officiellement mariée à l'un d'eux !

Quant au baiser, j'avoue que j'ai envie de recommencer et de n'arrêter que quand on sera nus et épuisés. Non pas parce qu'il a envie de tout régenter, mais parce que je suis une humaine qui se languit d'une vraie bite.

« Et qu'est-ce qu'on fait maintenant ? » je tapote le

mur en métal, je ne résiste pas à l'envie de pousser la bête à bout. « On fait ça ici histoire que je fasse baisser ta fièvre ? »

Il étrécit les yeux et contracte la mâchoire. « Bien que l'idée de te baiser contre ce mur ne soit pas pour me déplaire, je ne te prendrai pas de force ou dans un lieu public.

– Pourquoi pas ? » Je le crois mais je ne peux m'empêcher de reculer et de lever les mains au-dessus de ma tête. Je me plaque contre le mur et le dévisage d'un air de défi. L'envie de tester ses limites me dévore. Je dois savoir jusqu'où je peux aller, ce qu'il a dans le ventre.

Il marche sur moi et se plaque contre moi. Son odeur me monte au nez, j'aimerais plonger dedans, il sent bon, le chocolat noir et le cèdre, tout ce que j'aime. J'humecte mes lèvres sans le quitter des yeux, je le mets au défi.

Il murmure. « Tu es à moi, personne ne doit te voir nue. Personne ne doit entendre tes cris de plaisir. Ta peau m'appartient. Ton souffle m'appartient. Ta chatte chaude et humide m'appartient. Les supplications et les gémissements qui sortiront de ta bouche m'appartiennent. Je ne les partagerai avec personne. »

Je n'arrive plus à respirer, je bois ses paroles, ses promesses érotiques.

« Mais sache, partenaire, que si tu continues de me défier, d'essayer de me déshonorer, j'ôterais ton armure et te donnerais la fessée. Tout mensonge est interdit. Tu me dois le respect, Sarah Mills, sinon, tes fesses vireront au rouge avant même que tu sentes ma bite. »

Pardon ? J'essaie d'enregistrer tout ça tandis qu'il me dévisage. Mon cœur bat la chamade et j'essaie d'assimiler ce que je viens d'entendre, mais au lieu de me mettre en colère, l'idée de sentir sa main sur mes fesses me titille. Merde, il l'a remarqué.

« Ça t'excite la fessée ?

– Quoi ? Bien sûr que non ! » répliquais-je, ses paroles me font l'effet d'une douche froide. N'y songe même pas, Dax de la planète Atlan. »

Il sourit, plus séduisant que jamais, je reste bouche bée. « Tu me désires, femme. Tu veux sentir ma bite en toi. Tu veux me toucher, que je te pénètre, que je te fasse mienne. Avoue.

– Non. Je veux pas de partenaire, Dax. Je veux sauver Seth. » Je secoue la tête mais il doit entendre mon cœur qui bat à cent à l'heure à travers mon armure. J'aurais espéré qu'il se trompe mais non. Putain de merde, j'ai envie de lui. Mais pas tant que mon frère ne sera pas sain et sauf.

« Je t'aiderai à récupérer ton frère. Je t'ai donné ma parole. » Il se penche, je manque d'air. « Tu veux que je m'occupe de toi, que je veille sur toi.

– Non. Je suis assez grande pour veiller sur moi-même.

– Plus maintenant.

– C'est n'importe quoi, Dax. » Je le repousse. « Allons-y. On doit organiser la mission de sauvetage.

– J'ai jamais rencontré de femme aussi compliquée que toi. »

Je plante les doigts sur son torse. « T'es le mec le plus buté, macho, arrogant— » Le dessin gris anthracite qui orne le bracelet en or m'agace, je le repousse. Je suis sa propriété, un chien avec un collier. Je tire sur ces maudits bracelets. « Enlève-les moi. J'ai changé d'avis. »

Je l'entends gronder. Il saisit mon poignet et me traîne dans le couloir. Il cherche quelque chose. Il appuie sur un bouton, une porte s'ouvre et nous entrons. Les capteurs de mouvement déclenchent l'éclairage, il me pousse dans une petite salle bourrée de panneaux électriques. J'ignore à quoi ça sert, un mur est couvert de câbles et de lumières qui clignotent. Le sol et les autres murs sont bleus, cette pièce regorge d'électronique.

« Qu'est-ce-qui se passe, Dax ? dis-je en jurant.

– Mets tes mains sur le mur. » Il regarde derrière son épaule et appuie sur un bouton près de la porte, qui se verrouille.

Je reste bouche bée. L'idée est torride—du moins, en lien avec ses idées perverses—je me suis faite avoir.

« Je sais pas à quoi tu penses mais non je vais pas te sauter dans un cagibi.

– Qui a parlé de baiser ? répondis-je calmement.

– Alors qu'est-ce que tu vas me faire ?

– Te donner la fessée bien sûr. »

Je m'appuie contre le mur faisant face aux panneaux électriques, les mains bien à plat sur le métal froid. « Pardon ? » Il déconne.

« T'as en a besoin. » Dax s'approche. Putain, il est immense et la pièce est minuscule.

« J'ai besoin de quoi ? D'une fessée ? » Je rigole franchement.

« Ouais, exactement.

– Tu m'as menti à plusieurs reprises. Je t'avais averti, partenaire. Tu es désormais à moi, et je ferai tout pour que tu te le mettes dans la tête.

– T'es fou. Tous les mecs Atlan sont aussi compliqués ou c'est juste toi ?

– Tu me mens encore, tu te mens à toi-même. Au moment voulu, tu viendras vers moi, tu me diras que tu as peur, que tu as besoin de mes caresses pour t'apaiser, pour soulager ta peur. D'ici là, à moi de juger si tu as besoin d'une bonne correction ou pas.

– Sur les fesses ? Certainement pas.

– Tu ne vas pas avouer que tu as peur, que tout ce qui s'est passé aujourd'hui te bouleverse. Tu es forte. Je le sais. Mais je suis plus fort que toi. Fais-moi confiance pour m'occuper de toi, Sarah. Tu t'enfonces au lieu de reconnaître la vérité. Tu me forces à te corriger par ton manque de respect, tes insultes sur mon caractère et mon honneur. Tout ce que je sais, c'est que tu as besoin que je prenne les choses en main. Mais je n'attendrai pas tes aveux, Sarah, je vais simplement te donner ce que tu mérites. »

Sa promesse me noue le ventre. Il est tellement grand, immense. C'est un extraterrestre, un seigneur de guerre Atlan responsable de centaines, de milliers de soldats. Je fais la fière mais je suis terrifiée. Mon frère est probablement mort comme l'a dit le commandant, ou en passe de devenir un membre de la Ruche. Je ne peux pas échouer. Je suis désormais en couple avec Dax et je ne suis pas une femme Atlan normale et docile. Ça ne marchera pas. Dès qu'il s'apercevra que je ne suis pas celle qu'il espère, il ôtera ses bracelets et m'enverra bouler. Je rentrerai chez moi, seule et vaincue. Sans famille.

Je sens la première larme brûlante couler sur ma joue et je secoue la tête, je ne veux pas que Dax s'aperçoive de ma faiblesse, qu'il sache qu'il a raison, que j'ai besoin qu'il prenne les choses en main. La pression m'oppresse, m'étouffe, l'idée de lâcher l'affaire, de laisser tomber... que quelqu'un prenne le relais, me fait l'effet d'une drogue. Je me dis qu'il a tort mais mon cœur s'emballe, entre crainte et désir, la guerre intérieure qui fait rage menace d'avoir raison de moi.

« Pose tes mains sur le mur, Sarah. »

Je secoue la tête. J'en meurs d'envie, mais je ne veux pas le lui dire. Je dois me montrer forte. J'entends la voix de mon père, me dire de ne jamais pleurer, de ne jamais montrer la moindre douleur ou la moindre crainte. *Endurcis-toi, Sarah, le monde ne tolère aucune faiblesse.*

Dax s'approche, pose une main sur ma taille et me tourne autour. Je n'ai pas d'autre choix que de placer mes mains sur le mur, j'ai peur de tomber. Il tire sur mes hanches et fait en sorte que je me baisse, au niveau de la taille. Je fais mine de me lever mais une grosse main atterrit sur mes fesses.

« Dax ! criais-je, étonnée par la sensation de brûlure sur mon cul.

– Laisse-tes mains en place. Tes fesses en arrière.

– Je ne te— »

Pan !

« Tu ne me laisses rien faire. Je te donne la fessée que tu mérites, tu n'as pas le choix. »

Il défait mon pantalon et le baisse, ainsi que mon slip, sur mes hanches et mes cuisses. Je sens l'air frais sur mes fesses, la vue est plongeante.

« Dax ! » criais-je à nouveau, je suis plus vulnérable que jamais.

Il ne me laisse pas ainsi bien longtemps, il se met à me frapper, une fesse et puis l'autre, il ne frappe jamais deux fois au même endroit. Il ne frappe pas trop fort, il pourrait frapper bien plus fort s'il le voulait. Non pas que ça ne fasse pas mal, ma peau est en feu, ça brûle.

« Je suis là pour toi. Je ne te quitterai pas. Je retrouverai ton frère. Je prendrai soin de toi. Je sais de quoi tu as besoin. Tu ne me mentiras plus. Tu ne me manqueras plus de respect. Tu ne remettras pas notre lien en cause ni ne refoulera tes besoins. » Il me fesse encore et encore, mes larmes coulent inlassablement sur mes joues, elles se déversent seulement maintenant, après avoir été contenues tant d'années, chaque fessée est une grenade dégoupillée qui fait remonter mes émotions.

Je serre les poings contre le mur, mais je n'ai aucune prise. « Dax ! » criais-je à nouveau, ma voix est remplie d'émotion, et non plus de colère.

« Personne ne vient ici. Personne ne peut nous voir.

Personne ne pensera que tu es faible. Arrête de refouler tes envies. Arrête de te cacher. Laisse-toi aller.

– Non. »

Sa main s'immobilise un court instant, il caresse ma peau échauffée. « Ah, Sarah Mills, répète après moi : je n'ai pas besoin d'être toujours forte. »

Au bout d'une minute, sa main caresse patiemment ma peau échauffée, je finis par murmurer, « je n'ai pas besoin d'être toujours forte.

– C'est bien. » Il me frappe et je sursaute. « Je serai franche avec mon partenaire et avec moi-même. »

Je répète.

« J'ai confiance en mon partenaire, il prend soin de moi. »

Je répète, on dirait que la fessée change. Il ne me frappe pas pour me punir, il le fait pour que je finisse par admettre quelque chose que j'ignorais. Je ne sais pas pourquoi et comment j'ai besoin d'une correction, mais me savoir courbée devant Dax, sans avoir le choix, qu'il me fasse tout oublier, est libérateur. Les fessées ont ça de formidable, j'oublie tout, je sais qu'il veillera sur moi. Il ne me fait pas mal. Personne ne verra mes fesses nues toutes rouges. Personne ne verra les larmes sur mes joues. Personne, sauf Dax.

Il ne se moque pas de moi. Il ne me prend pas pour une mauviette. Il m'offre une bulle de détente pour que j'oublie tout. Il m'aide à relâcher le stress et les émotions dont je n'avais même pas conscience. Regret. Peur. Colère. Culpabilité. Tout se mêle, la tempête fait rage dans mon cœur, je pleure toutes les larmes de mon corps, jusqu'à ce que je me sente vide mais calme, comme la mer après la tempête.

« J'appartiens à Dax et il m'appartient, » ajoute Dax.

Je répète la phrase, trop fatiguée pour lutter contre lui ou mon désir. Ses dernières paroles provoquent quelque chose, l'atmosphère de la pièce passe de calme à torride.

« Dax est à moi. Sa bite est à moi. »

Je grogne, je l'imagine en train de me prendre par derrière, ici même, maintenant, dans ce ridicule cagibi. Je répète ses paroles et la fessée s'arrête. Je croyais qu'il avait terminé mais il caresse ma peau échauffée, glisse le long de mes jambes jusqu'à ma vulve chaude. Il pousse un grognement en sentant ma chatte trempée.

« Ma chatte appartient à Dax. »

Je halète, il insère deux doigts en moi et je répète. Il pèse de tout son poids sur mon dos.

« Tu es trempée, partenaire. Je pourrais te baiser. Là, tout de suite. »

Il me doigte et je me cambre. Il me dit des choses sensuelles, j'ai envie de lui. Son baiser, ses mains sur moi, même de la fessée, j'ai envie de lui. Je sais qu'il veillera sur moi, à l'instant présent, je ne songe à rien, hormis ses doigts profondément enfoncés en moi.

« Tu es une gentille fille, tu as bien mérité ta fessée. Tu peux jouir maintenant. »

Je gémis, je sanglote tandis qu'il me baise avec ses deux doigts qui me pénètrent, de l'autre main il titille mon clitoris. Mes larmes se tarissent, pour la première fois depuis des mois, je ne pense à rien, mon corps a besoin de se relâcher. J'ai besoin que Dax me baise. Je crie tandis que le premier orgasme me submerge, Dax s'enfonce si violemment et profondément en moi que mes pieds se soulèvent quasiment du sol. Impossible de me taire tandis que les parois de mon vagin se contractent sur ses doigts, j'ai envie qu'il continue. Mes doigts glissent sur le mur, Dax enlace ma taille d'une main libre, il me soulève jusqu'à ce que je sois à moitié suspendue en l'air, mon dos repose contre sa poitrine, ses doigts sont toujours profondément enfoncés en moi.

Il n'a pas terminé et me procure un second orgasme. Je me contracte sur ses doigts et jouis. Les spasmes passés, il reste en moi, profondément enfoncé. Le plaisir, la douleur cuisante, tout se mêle, je pleure toutes les larmes de mon corps, elles me brûlent comme de l'acide. Je m'abandonne : la mort de mes frères et de mon père, la crainte d'avoir perdu Seth, le stress du commandement, la culpabilité pour les hommes perdus au combat. C'est comme si une grenade de douleur avait explosé.

Il retire ses doigts et m'enlace, il m'étreint étroitement. Je ne me souviens pas de la dernière fois où on m'a prise aux bras, pour de vrai. Evidemment j'ai eu des partenaires mais c'était dénué d'émotion, purement sexuel, ce n'était pas une vraie relation intime. Mon père ne m'a jamais prise dans ses bras, il n'était pas câlin. J'ai grandi sans amour ni tendresse, parmi trois grands frères et sans mère. C'était une existence du genre *Sa Majesté des Mouches*, où seuls les plus forts survivent. Je n'ai jamais regretté ma vie ou mes décisions. Mais là, blottie dans les bras de Dax, je ressens toute la fatigue mentale et émotionnelle à un point que j'ignorais, je ne pensais pas me sentir un jour autant en sécurité.

Cette grosse brute d'extraterrestre a réussi à voir au-delà mon armure —je ne parle pas de ma tenue de guerrier—et savoir ce dont j'avais besoin. Je suis forte, trop peut-être, et pourtant il ne lui a fallu que dix minutes pour me percer à jour.

J'entends battre son cœur derrière sa solide armure. Me voici enfin calme et incroyablement apaisée. Plus *rien* ne peut m'arriver. Je suis en sécurité, l'esprit serein.

« Ça va mieux ? demande-t-il, une fois mes pleurs calmés.

– Oui. » Mon corps est doux et docile, mon cul rouge et endolori. Mais on s'occupe de *moi*. Je ne sais pas pourquoi mais j'avais besoin de cette fessée. Si j'analyse mes réactions je vais devenir dingue, je verrai ça plus tard.

Je me raidis entre ses bras, je suis cul nu. Je remonte mon pantalon et remets ma ceinture, je redeviens moi-même. J'essaie de m'éloigner, la honte éclipse ma joie intérieure, son contact me manque, il m'arrête, relève mon menton et me dévisage.

« Te voir jouir est la plus belle chose que je n'ai jamais vu. » Il caresse ma joue, c'est plus fort que moi, je m'abandonne. « Tu es à moi. Tu ne seras plus jamais seule, tu ne dormiras plus jamais seule, tu ne combattras plus jamais seule. Tu es à moi et je ne te quitterai jamais.

– Dax. Je peux pas penser à ça maintenant. Je peux pas. Je dois sauver Seth.

– On va sauver Seth.

– Ok. On va sauver Seth. » Bien que je déteste l'admettre, son aide me procure un immense soulagement.

« Et ensuite, tu viendras sur ma planète et on commencera une nouvelle vie. »

Je hoche la tête, incapable de lui dire le contraire. Toutes les barrières que j'avais consciencieusement érigées sont en train de tomber, abattues par la force et la volonté implacable de mon nouveau partenaire.

« Parfait, j'ai encore envie d'entendre tes petits cris de plaisir. Ta chatte s'est contractée sur mes doigts mais j'ai envie que tu jouisses sur ma langue. Je veux goûter ta bouche et ta chatte. Je veux te tenir et te pénétrer jusqu'à ce que tu me pries de te faire jouir, je veux que tu jouisses sans t'arrêter, jusqu'à ce que tu me supplies d'arrêter. »

Bon sang c'est chaud bouillant. Dax n'a aucune honte à évoquer le désir qu'il ressent. Je n'ai jamais senti un truc aussi concret, aussi intense.

Je sens son sexe dur et épais contre mon ventre. « Et … hum, comment tu te sens ? »

Il lève ma main et effleure une trace de sang séché sur ma peau, un souvenir d'aujourd'hui. « La fièvre de l'accouplement peut survenir à tout moment. Alors, je ne réponds plus de mes actes. Sache que tu es la seule à pouvoir m'apaiser. Je ne lutterai pas si tu ne veux pas de moi, mais ma vie est entre tes mains. *Tu* dois vouloir de *moi*. »

Je l'imagine allongé sur le dos tandis que je le chevauche comme une sauvage, son sexe énorme profondément enfoncé en moi, j'ondule des hanches, je me fais plaisir. Je n'arrive pas à penser à autre chose qu'à ce seigneur de guerre puissant et vigoureux allongé sur le dos, entre mes cuisses, qui me pénètre. Sa déclaration terminée, il esquisse un sourire mi-sérieux mi-dragueur. Cet immense extraterrestre couvert du sang de la Ruche me drague. Et pour une fois, je ne rétorque pas.

Sarah

Un bruit me réveille. Je scrute l'obscurité, essayant de découvrir ce que c'est, où je suis. J'ai mon short et mon haut, mon sac de couchage habituel. Le lit est doux et le ronronnement du vaisseau me rappelle que je ne suis plus sur Terre.

Encore ce bruit. Il y a quelqu'un dans la chambre.

« Lumière. »

La pièce s'éclaire.

Soudain, ça me revient. Je suis dans les quartiers temporaires avec mon nouveau partenaire, on attend la fin de l'orage magnétique pour être téléportés. Il n'y a qu'un seul lit, pas de canapé ni de fauteuil, on est obligés de partager. Je n'ai pas l'habitude de dormir avec un homme—en général, quand je baise, je reste pas dormir.

Mais ce n'est pas un coup d'un soir, c'est mon partenaire, je me suis endormie blottie contre son corps protecteur. Le lit est grand, Dax aussi, je n'ai pas protesté quand il m'a attirée contre lui pour s'endormir.

Les draps sont en désordre. Je suis couchée, Dax est assis par terre dans un coin. Il serre les poings, son cou est tendu, son torse est luisant de sueur et ses doigts tapent frénétiquement sur le sol.

« Ne bouge pas. Je ne pourrais rien faire pour toi, » éructe-t-il.

L'inquiétude s'empare de moi mais je ne bouge pas. « Qu'est-ce qu'il y a ? Un cauchemar ? » De nombreux combattants font des cauchemars à cause des horreurs de la guerre.

« La fièvre. Ne t'approche pas sinon je vais te baiser comme un sauvage sans pouvoir m'arrêter. »

Je me rappelle de la force dont il a fait preuve en arrachant la tête du soldat de la Ruche. Je me mords la lève, je me demande à quel point il est dangereux. « Tu me ferais du mal ?

– J'ignore comment réagit la bête, Sarah. Je n'ai jamais eu la fièvre de l'accouplement. Elle te sent, elle te respire. Elle a envie de toi, maintenant, dans le lit, en tenue légère, tes tétons dressés. Je te sens— »

Il ferme les yeux pour ne plus me voir.

Il ne me ferait aucun mal. Dans mon for intérieur, je le sais. J'ignore comment, mais mon instinct me dit qu'il ne me fera rien. Ni aujourd'hui, ni jamais.

Dax porte un pantalon noir dont le tissu ample laisse

voir sa bite protubérante. Il arrange son pantalon, *tout* est immense chez lui. La fièvre décuple sa rage, sa colère, son besoin de sexe.

« Tu as dit que c'était le rôle de ta partenaire d'apaiser la bête, » répondis-je en me glissant hors du lit et en l'approchant. « Et t'as dit que je pouvais te chevaucher, Dax. Tu me l'as promis. »

Son corps est tendu comme un arc, son énergie et son désir, sans bornes. On dirait un top model aux muscles bien dessinés. Des épaules larges, une taille fine, de poils bruns sur son torse mat descendent en une ligne fine au niveau de la ceinture. Il n'a pas six abdos mais huit. Pas besoin d'armure, il est solide comme un roc. Et plus bas, mon Dieu, son sexe est une vraie massue. J'ai besoin de le toucher, c'est physique, sentir sa peau douce, sa chaleur, les poils doux sur son torse. Sa queue raide. Le *goûter*.

« Tu n'arriveras pas à me calmer, Sarah. Quand j'ai la fièvre de l'accouplement—et encore, ce n'est que le début —la seule façon de m'apaiser est de baiser. Pas une fois, ni deux. Sans relâche, jusqu'à ce que toute mon énergie, mon désir se consument. »

J'ignore pourquoi l'idée de voir Dax déchaîné m'excite. Je devrais avoir peur, il m'a prévenue, mais ce n'est pas le cas. Pas après ce qu'il m'a fait. Il m'a frappée et m'a fait jouir. Il s'est montré autoritaire sans être violent. C'était... jouissif quand je lui ai finalement laissé les pleins pouvoirs, quand j'ai enfin compris que je n'avais pas besoin de faire la fortiche devant lui.

Il se fait violence, je vais lui donner ce dont il a besoin. *Je* suis la seule à pouvoir le faire.

« Tu veux me prendre comme un sauvage ? » L'idée qu'il me prenne comme une bête m'excite, je mouille.

Il lorgne mon corps. Mon haut est moulant, on voit nettement mes seins nus tandis que je rampe vers lui, mes tétons sont durs.

« Oui. » Il étrécit les yeux, on ne voit plus ses pupilles.

« Comme des sauvages ? » je me rapproche. On est peut-être effectivement *faits* l'un pour l'autre, rien ne me semble être plus excitant que de voir Dax se lâcher, ça veut dire que j'ai envie moi aussi.

« Oui. » Ses mains glissent sur le sol, il essaie d'agripper quelque chose, tout sauf moi.

« Tu as besoin que je te soulage ? » J'en ai envie moi aussi. J'ai *besoin* de jouir une fois ou deux.

« *Oui.* »

Je me sens toute puissante et désirable, je mouille. Il m'a doigtée, j'ai joui rien qu'avec ses doigts, j'ai envie de connaître la suite. Maintenant, tant qu'il voudra. Je devrais m'éloigner. *M'enfuir*, je ne connais pas ce type. Je vais baiser avec un étranger, un immense extraterrestre qui a la fièvre de l'accouplement et qui ne songe qu'à baiser, baiser, *baiser*.

Putain, n'importe quelle femme sur Terre tuerait pour ça. Je ne peux pas rater cette occasion. Mon vagin se contracte, j'ai besoin de sentir son énorme bite. Je la regarde, du liquide séminal s'échappe du gland et imbibe son pantalon. Je vois nettement le bout de son gland énorme et une grosse veine saillante sur toute sa longueur.

« Prends-moi, Sarah. Si je te monte dessus, je risque de te faire mal. »

J'étrécis les yeux de désir. Je suis à quatre pattes devant lui. « Tu veux que je te chevauche ? »

Il ne répond pas, il tire sur l'élastique à sa taille et baisse son pantalon. Son sexe se libère et je ne peux réprimer un juron.

« Putain de merde. »

C'est la plus grosse bite que j'ai jamais vue. Une star du X. Il cache bien son jeu sous son uniforme. Epaisse et dure, la peau est tendue, rose foncée, en érection. Un liquide transparent coule de son prépuce. Dax empoigne la base de son sexe et commence à se masturber.

« J'ai envie de jouir pendant que tu regardes ma bite. »

Je le regarde se branler, je jurerais que son sexe augmente de taille.

« Je suis pas sûre ... je suis pas sûre que ça va rentrer. »

Il m'adresse un sourire peiné. « Enlève ton haut, Sarah. »

Je hausse un sourcil et souris. « C'est moi qui te baise, tu es horriblement autoritaire.

– Sinon je vais te l'arracher dans trois secondes. Je pensais que tu voudrais avoir de quoi t'habiller quand j'en aurai fini avec toi. »

Il marque un point, vu comme il serre son poing, je ne doute pas qu'il mette mon haut en charpie s'il tire dessus.

Assise sur mes talons, je le retire, mes cheveux tombent en cascade dans mon dos.

Je retire mon short. Je le pose sur mon haut, Dax gronde.

Je m'agenouille devant lui, en slip. J'ignore si les femmes portent des slips sur Atlan, mais sur Terre, elles font partie de mon uniforme. Il est blanc et pas sexy pour deux sous mais vu le regard de Dax, on le croirait en dentelle et satin.

Je sens mes tétons pointer.

« Touche-toi. Montre-moi ce que tu aimes, » gronde-t-il, les yeux sur mes seins.

Je pose une main sur mon ventre, il suit mon geste du regard. Je pose mes mains sur mes seins, l'une après l'autre. J'aime sentir son regard mais j'ai envie que ce soit *lui* qui me touche.

Il secoue doucement la tête. « Pas là. Plus bas. »

Mon clitoris palpite, à l'unisson.

Je glisse ma main dans mon slip, j'effleure mon clitoris. Il est gonflé, tellement gonflé qu'un simple effleurement me fait fermer les yeux et ouvrir la bouche.

« Regarde-moi, Sarah. » Sa voix est rauque.

Je lis son désir sauvage, torride, son excitation.

« Tu mouilles ? »

Je me mords la lèvre, ma vulve et mes doigts sont tout glissants de fluide.

« Montre. Prouve-moi que tu es prête pour ma bite. Que tu en as envie. »

Je lève la main afin qu'il voie par lui-même mes doigts

trempés. Il grogne, il est plus calme, il me tire par le poignet. Je pose une main sur son épaule pour rester en équilibre et j'écarte les genoux.

Il suce mes doigts collants. Je n'ai jamais rien vu d'aussi érotique.

« Dax, » je gémis, le voir sucer ses doigts me laisse subodorer ce que ça va donner sur ma chatte.

« Tu es sucrée. Dis-moi, Sarah. Je dois savoir. J'ai du mal à me contrôler sachant que tu en as envie toi aussi. Si je lâche la bête, je ne pourrais pas l'arrêter. »

Il me lâche et je pose mon autre main sur son épaule. Il est fiévreux, c'est évident, il a attendu que je sois prête, que ma chatte soit assez mouillée pour accueillir sa grosse queue. Même fiévreux, il s'assure de ne pas me faire mal.

Il contracte ses jambes et je le chevauche. Il pose ses mains sur mes hanches, glisse ses doigts sous mon slip et le déchire. Je suis complètement nue.

Je bouge mes genoux et me place sur sa bite. Doucement, lentement, je m'abaisse jusqu'à ce que son gland effleure ma vulve.

Il siffle et je gémis. Il attrape fermement mes hanches. J'aurais certainement des marques demain matin.

« Maintenant, Sarah. Baise-moi. Maintenant. »

Je fléchis les jambes, écarte les lèvres de ma vulve et m'empale sur son gland massif. Il est si gros que je me mords les lèvres face à la douleur aigue de la pénétration. Ça fait longtemps que je n'ai pas eu de relations sexuelles, et il est mieux monté que la normale.

Je me cramponne à ses épaules. Il fixe un point entre mes cuisses et je me baisse pour regarder ce qui l'attire. Peu à peu, sa queue disparaît en moi. Il s'enfonce peu à peu, la vision est incroyablement érotique.

J'inspire profondément et essaie de me décontracter sous l'effet de la gravité. Il plie ses genoux, je me niche dans l'espace ainsi formé. Je prends appui sur ses cuisses, mon corps change légèrement de position, il me pénètre d'un coup d'un seul, sans me laisser le temps de m'installer. Subitement, je me sens tout simplement pleine. Trop pleine.

Je pousse un cri et appuie mon front sur sa poitrine, j'essaie de reprendre mon souffle, je m'agite, j'essaie de me retirer. « C'est trop. T'es trop gros. »

Il caresse mon dos et m'empêche de bouger. « Juste une minute, le temps de t'habituer. Tu es parfaite. Tu vas voir. Le fait d'être en toi va faciliter les choses. Je ne te ferai aucun mal. Je te le promets. J'ai une grosse bite et tu es toute étroite. Tu es toute mouillée et excitée, rien que pour moi. Contracte-toi sur moi. Oui, comme ça. »

Il continue de me parler, je me décontracte, je m'adapte à son énorme membre. Je n'ai *jamais* vu de bite aussi énorme. Il ne fait aucun doute que je serai définitivement déchirée dès que je commencerai à bouger.

Soudain, j'ai envie de me soulever, de bouger. Rester immobile est une vraie torture. Je me soulève et m'empale, Dax gémit.

« Encore. »

Je recommence. Encore.

« Continue. »

Inutile de me le dire deux fois, je n'ai pas l'intention de m'arrêter. Je le chevauche carrément, je me soulève et m'empale violemment ; mon clitoris frotte contre lui à chacun de mes mouvements. Je rejette la tête en arrière, je m'abandonne, sachant qu'il ne va pas me lâcher, qu'il ne fera rien tant que je n'aurais pas joui, tant que je ne l'aurais pas fait jouir.

Mes seins rebondissent et tressautent mais je m'en fiche. Je sais pertinemment que ses doigts touchent mes hanches douces et enrobées mais je m'en fiche. Je me fiche de tout.

Je n'ai jamais été aussi excitée par un homme. Normalement, il me faut des tonnes de préliminaires avant de songer ne serait-ce qu'à baiser. Entendre la voix de Dax et voir sa bite suffit à me faire mouiller.

« Je vais jouir, » criais-je, ondulant des hanches et me frottant contre lui.

« C'est bien. Jouis pour moi. Jouis pour ton partenaire. »

Je jouis en hurlant, le plaisir engourdit mes extrémités. Les muscles de mes cuisses frissonnent, je suis en nage. Je suis hyper vulnérable, Dax me maintient fermement, je sens sa chaleur et sa robustesse sous moi.

Je reprends mon souffle et ouvre les yeux, Dax me pénètre toujours aussi profondément, en érection et dilaté. Il me sourit. « Tu es belle quand tu jouis. »

Le compliment me fait rougir.

« La fièvre se calme légèrement, » souffle-t-il. Ce n'est

pas flagrant. Ses mains agrippent toujours aussi fermement mes hanches, les veines de son cou sont toujours aussi tendues et son sexe n'a absolument pas débandé.

Je le regarde d'un air interrogateur. « Mais… t'as pas joui.

— Te pénétrer aide. Te voir jouir y est pour *beaucoup*. Je n'ai jamais eu la fièvre, alors j'apprends. Ne crains rien, je gère.

— J'ai pas envie d'arrêter. » J'ai encore envie de le chevaucher, de le baiser et parvenir à l'orgasme. Je vais encore jouir. J'ai encore envie de jouir, je suis vraiment une très vilaine fille. J'ai encore envie de lui. « Je … j'ai pas envie que tu te retiennes.

— Tu as bien bossé partenaire, tu as calmé la bête. » Il prend mes seins en coupe, effleure mes mamelons, je me plaque contre lui, ses caresses torrides passent de mes seins à mon clitoris. « Maintenant, c'est moi qui vais te baiser. Mais d'abord, j'ai envie de te goûter. »

Avant que je puisse répondre, il me soulève et libère son sexe. Il s'allonge par terre sur le dos. Je ne suis plus à califourchon sur sa taille mais sur… son visage.

Je le regarde, il rayonne et sourit d'un air coquin, entre mes cuisses.

« Dax, dis-je, le souffle court.

— J'ai encore ton goût sur la langue quand j'ai léché tes doigts. Tes fluides apaisent la fièvre. C'est un médicament. Il m'en faut encore. »

Il se tait, attire mes hanches vers lui afin que je m'asseye sur son visage.

Je n'ai rien pour me retenir et mes mains claquent contre le mur. Je regarde la tête brune de Dax, sa langue lèche mon clitoris, il le prend dans sa bouche et le suce. J'avais vu juste. *C'est* bien meilleur avec sa langue qu'avec mes doigts.

« Tu vas jouir pour moi et après, je vais te baiser. »

Sa voix me parvient assourdie entre mes cuisses. Il m'embrasse, me titille, je halète. Il est dominateur et je m'en carre. Obéir aux ordres d'un homme qui me lèche la chatte a apparemment eu raison de mon problème d'autorité.

« D'accord, » quelle femme refuserait un autre orgasme ?

J'obtempère, la seule solution qui s'offre à moi est de m'ôter de lui mais c'est *hors* de question. C'est un amant doué, il manie sa langue avec virtuosité. Mon clitoris est déjà sensible et ses petits coups de langue, sa bouche qui me suce m'amène rapidement au paroxysme. Il me laisse pantelante et haletante, en sueur et comblée.

« Ta queue. Je veux ta queue, » avouais-je.

Il me soulève et me porte sur le lit comme si j'étais une poupée. Il me pose à plat ventre et replie mes genoux. Ma joue repose sur les draps frais et j'ai le cul en l'air.

Je sens sa queue s'appuyer doucement contre ma chatte. Il se frotte de haut en bas contre ma vulve luisante et gonflée.

« C'est ce que tu voulais ? »

J'agrippe les draps et regarde derrière moi. Je vois ses

jambes, il a enlevé son pantalon. Elles sont magnifiquement musclées vue sa taille. Des hanches étroites et une taille fine, un torse massif. Il vient de l'espace mais aurait pu servir de modèle au David de Michel-Ange.

Je me pousse contre son sexe, j'ai envie qu'il me pénètre, j'ai pas envie d'attendre. « Oui. »

Son gland dilaté se fraye un passage sur ma chair tendre, se frotte contre mon anus, c'est une première pour moi. « Voilà, Sarah. Lorsque je suis aux commandes, c'est comme ça que je te veux. La bête commande ta chatte. Elle ne pense qu'à t'engrosser, à te lier à elle pour toujours. » Il titille mon anus du doigt, il me nargue avec ses idées érotiques. « Je veux tout découvrir de toi, partenaire. Je veux goûter chaque centimètre carré de ton corps, te posséder, te pénétrer. » Il me pénètre violemment d'un coup d'un seul et je me contracte, il est vraiment énorme tout au fond de mon vagin.

"J'ai envie de toi, de partout. » Il se penche sur mon dos et murmure à mon oreille, son corps me recouvre tandis que sa bite effectue des mouvements de va et vient. « Tu m'appartiens.

– Oui. »

Il se retire et se dirige vers le mur. Je pose ma joue sur les draps frais et essaie de faire abstraction de la sensation de mon vagin désormais vide, de ne pas penser à combien j'ai envie de lui, de le sentir en moi, de me faire jouir.

Toutefois, cette vue a des avantages. J'admire ce qui

m'appartient, les muscles de ses fesses parfaites se contractent tandis qu'il s'éloigne.

« Qu'est-ce que tu fais ? » Il ne termine pas ce qu'il a commencé ? Il a déjà fini ?

« J'ai oublié que tu ne viens pas de ma planète et que tu n'as pas effectué la préparation pour satisfaire les besoins d'un amant Atlan. »

Je lui adresse un regard interrogateur.

« A leur dix-huitième anniversaire, les femmes Atlan effectuent une préparation en vue d'apprendre à satisfaire leur partenaire de différentes façons. D'être prêtes pour la fièvre de l'accouplement. On les prépare à l'art de la baise. Sous toutes ses formes.

– Tu veux dire— »

Il appuie sur plusieurs boutons dans le mur et revient avec une petite boîte qu'il pose à côté de moi sur le lit, il ouvre le couvercle.

J'écarquille les yeux en voyant le plug anal. On ne m'a jamais rien mis dans le cul, c'est pas pour autant que j'ignore de quoi il s'agit.

« La baise sous toutes ses formes, Sarah. La baise pure et simple, le sexe oral et la sodomie. Tu as déjà fait des fellations ? »

Il sort un tube, probablement du lubrifiant.

« Oui, » répondis-je, mais jamais avec une bite aussi grosse que la sienne. Je ne pourrais jamais la prendre en entier. Même une star du porno n'y parviendrait pas.

« Et ton cul ? T'as déjà été sodomisée, Sarah ? »

Il met une bonne dose de lubrifiant transparent sur le

plug. Il est plus petit que sa bite mais je doute qu'il rentre dans mon cul. Je prends appui sur mes coudes.

« Recule s'il te plaît. Il est temps de préparer ce superbe petit orifice. Je suis calme pour le moment, je ne te ferai jamais de mal. Je ne veux que ton plaisir. » Il écarte mes fesses d'une main, mon anus est grand ouvert. « Vu ton répondant, nul doute, tu vas adorer la sodomie. »

Je rougis, il voit clair en moi. « Dis-donc, on voit bien que c'est *pas* toi qui vas te faire sodomiser par un plug, » grommelais-je.

Je l'entends rire mais il ne cède pas pour autant. Je sens le bout dur et glissant du plug à l'entrée de mon anus.

« Non, je prépare l'anus de sa partenaire en vue d'accueillir sa bite, si elle est bien sage, il la baisera longtemps et sauvagement. Tu peux jouir combien de fois par nuit, Sarah ? »

Je grimace tandis qu'il commence à enfoncer le plug. Ce n'est pas vraiment douloureux mais la sensation est extrêmement bizarre.

« Oh, hum. Une fois, voire deux, si je me masturbe. »

Il continue de me besogner avec le plug, il me dilate de plus en plus.

« Dax ! » criais-je, mais il est désormais en place, mon anus se contracte sur l'objet étroit. Je sens la base se presser contre mes fesses.

« Tu es trop belle. » Il glisse un doigt dans ma chatte. « Toute humide. T'aime ça. Je suis si content que tu te laisses aller, que ton corps accepte ce que je te donne.

– Puisque c'est toi qui décides, alors baise-moi. »

Il appuie sur la base du plug, il se met en marche. Putain de merde, un plug vibrant. Je découvre des terminaisons nerveuses inconnues et me cambre sur le lit.

« Alors ? C'est l'avantage d'être une femme Atlan. Il en existe plusieurs, je vais tous te les montrer. »

J'adore vraiment cet aspect des choses.

Je commence à m'agiter sur le lit, les draps irritent la peau douce de mes tétons. Mon clitoris gonfle et je me frotte sur le matelas. Impossible de réfréner le plaisir intense dans mon cul. Bon sang, je vais jouir. « Dax !"

– Tu m'as baisé, Sarah. A mon tour maintenant. Tu vas me prendre en entier et tu vas adorer ça. Dis-le. »

J'adore ses manières dominatrices et bouleversantes, et pourtant, il ne peut pas me posséder sans mon accord. Il peut m'enfoncer un plug dans le cul mais il ne peut pas me baiser sans mon consentement. Il se retirerait si je disais non. Malgré son besoin de baiser—selon ses termes—afin d'apaiser sa fièvre, il s'assure que je sois consentante.

« J'en ai envie. Mon Dieu, je t'en prie, j'ai en besoin, je gémis, à bout de souffle, haletante. Tu peux pas me laisser comme ça ! »

Il me pénètre tout doucement d'un seul coup de rein. Il est au fond, je rejette la tête en arrière, la sensation est incroyable, sa verge et le plug me pénètrent. Je m'étais sentie remplie à fond quand je m'étais empalée sur lui mais dans cette position, il s'enfonce bien plus profondément. Le plug est étroit, les vibrations rendent la pénétration encore plus intense. C'est *trop* bon.

Il commence à bouger, il effectue des mouvements de va et vient à son rythme, il fait ce qu'il veut. « Tu vois, Sarah, tu aimes ça quand je gère. Je contrôle ton vagin. Je contrôle ton cul. Tu vas jouir pour moi, encore et encore. Deux fois c'est pas assez. Je vais extirper la moindre goutte de plaisir de ton corps et tu vas me la donner. »

Je me contracte à l'idée et serre les dents.

Sa main s'abat lourdement sur mes fesses. Un bruit mat emplit la pièce.

Je jouis en hurlant. Le mélange des vibrations, son sexe qui me pilonne et la fessée cuisante me poussent à l'orgasme. Je me contracte sur sa verge, j'ai envie de la sentir encore plus profondément en moi.

Il s'allonge sur moi, plaque son torse contre mon dos, place une main derrière ma tête. « Je fais ce que je veux, je *veux* que tu obéisses. Pourquoi d'après toi ? »

Ses hanches bougent telles un piston tandis qu'il poursuit son porno verbal. Je suis sur le point de jouir rien qu'en l'entendant.

« Parce que tu as envie que je te possède. Tu as besoin que je te domine. Tu as besoin d'obéir, tout comme j'ai besoin de commander. Tu n'as pas idée de ce qui t'attend, mais tu en as envie. On est fait l'un pour l'autre.

– Oui ! » je crie lorsqu'il prend mon clitoris entre ses doigts et le titille.

Le rythme de ses hanches augmente, il commence à me baiser sauvagement. Des coups brefs. Je respire par saccades. Je jouis à nouveau, je me contracte sur sa queue. Une fois, deux fois, il me remplit, mord mon épaule et jouit, il réprime un grognement et m'inonde de foutre chaud. Cette morsure peu douloureuse provoque un autre orgasme. Je m'écroule sur le lit tandis que Dax se retire et s'effondre à mes côtés. Le lit tressaute et je me mets sur lui. Je ressens une légère pression au niveau du plug, les vibrations cessent.

Je gémis devant cette sensation persistante de domination totale, il baise à la perfection, je suis comblée. Nous sommes en nage, son sperme s'écoule de mon vagin. J'ai les cheveux en bataille, je suis crevée, mon corps est hyper sensible.

« Ta fièvre a baissé ? demandais-je au bout d'un moment d'une voix endormie.

– Mmm. Non. Mais j'ai repris le dessus. Pour le moment du moins. La bête est tapie, elle te baisera en temps voulu.

– Que veux-tu dire par là, Dax ? »

Il soupire, se met sur le côté pour me caresser, sa large main passe de ma cuisse à mon épaule, s'attarde au passage sur des zones plus douces et sensibles. « Tu m'as lorsque la bête est en colère ?

– Non. » Ses caresses me détendent, je suis immensément comblée, sa main chaude m'apaise. « Je pense avoir saisi un aperçu à bord de l'avion-cargo mais je n'en suis pas certaine.

– Oui. » Il pince mon téton, j'ouvre les yeux, il m'observe. « Qu'est-ce que t'as vu ? »

Parler tandis qu'il titille mon mamelon s'avère ardu, il tire et joue avec mais j'essaie de résister, je suis trop bien. « Tu as l'air plus costaud, comme si t'avais grandi. Plus méchant aussi, comme un guerrier Prillon, plus féroce. »

Sa main caresse mon téton, s'égare dans les replis humides de ma vulve. Je serre les cuisses, il se penche et mordille mon épaule. « Ecarte les jambes. Maintenant. Je veux sentir mon sperme dans ton vagin. Je veux te toucher.

Bon sang, voilà qu'il rugit à nouveau. Un vrai Cro-Magnon. Il compte me tartiner de sperme ou quoi ? Sentir sa semence au fond de moi, alors qu'il vient tout juste de jouir ? Parfait. On dirait qu'il ne m'a jamais vue, ni touché, goûtée et baisée dans tous les sens. Et j'ai toujours le plug dans le cul.

J'ouvre grand les cuisses, il enfonce profondément deux doigts en moi, la chaleur humide de nos fluides lui tire un râlement sourd. Il tartine mes cuisses et ma vulve de sperme.

« Lorsqu'un Atlan se transforme en bête, ses muscles peuvent doubler de volume. Ses dents semblent s'allonger, ses gencives se rétractent, son esprit sombre dans la tourmente du combat. En période d'accouplement, ce 'brouillard' fait son apparition lorsqu'il se sent menacé, au combat ou quand il défend sa partenaire.'

Il astique paresseusement mon clitoris, mes hanches se cambrent malgré moi. 'Tu t'es transformé en bête à cause de moi ?

– Oui. »

Je fixe le plafond, j'essaie de donner un sens à ma nouvelle vie, il s'amuse avec mon corps, le réveille, j'ai encore envie de sa bite. Mon Dieu, la bête va me sauter ? Cette énorme brute gigantesque qui a arraché la tête des soldats de la Ruche sans sourciller ? Et d'abord ça veut dire quoi, se faire baiser par la bête ? Dax va vraiment perdre son sang-froid ? Perdre l'esprit ? Il va devenir grand comment ? Pourquoi ai-je envie de serrer les jambes pour lutter contre cette chaleur qui m'envahit ? Ma petite chatte gloutonne veut sentir la queue de la bête, j'ai envie que mon nouvel amant se lâche.

« Apparemment, mon instinct d'accouplement refait des siennes. »

Trop gênée par mes propres pensées, je n'ouvre pas les yeux et lui demande, « De quels instincts tu parles ?

– Je me sens victorieux, comme si j'avais remporté une bataille quand je vois mon sperme s'échapper de ta chatte gonflée et rassasiée et le plug dilater ton cul pour moi. Tu as le regard dans le vague, ton corps est épuisé, j'aimerais me frapper la poitrine et me dire que je t'ai comblée, que ma bite t'a tellement remplie que tu te sentiras encore mienne demain matin."

« Ô merveille, l'ego masculin reste intact, où qu'on soit, rétorquais-je, trop comblée pour m'en offusquer. Sur Terre, tu passerais pour un homme des cavernes. »

Il gronde, j'ouvre les yeux lorsque sa queue raidie me cloue au lit, il pénètre mon sexe encore dégoulinant d'une longue poussée fluide. Il bloque mes bras au-dessus de ma tête et me baise lentement, la brûlure lancinante se mue en torrent de lave alors que j'enroule mes jambes autour de ses hanches et gémis. Son regard est intense, il scrute le moindre battement de paupière, la moindre respiration, il me baise. Il croise mon regard, me pilonne sauvagement. « Tu avais un homme des cavernes sur Terre, ma Sarah ? »

Je songe à le taquiner mais j'ai mieux à faire, il se retire puis me pilonne violemment et à fond, il me fait bouger sur le lit avec la force de ses coups de boutoir.

« Non. T'es le seul homme des cavernes. »

Il grogne, j'ai du mal à saisir ce qu'il dit. « Tu es à moi. »

Un coup.

« A moi. »

Un coup.

Il me baise jusqu'à ce que je sois au bord de la jouissance, jusqu'à ce que je *l'implore*.

Il se tient parfaitement immobile, son sexe profondément enfoncé en moi, il attend que je le regarde. « Dis mon prénom, Sarah.

– Dax. »

En récompense, je récolte un puissant coup de boutoir et j'halète. Il s'immobilise, tend la main et enclenche le vibromasseur.

« Comment je m'appelle ? »

Oh, mon Dieu. On va jouer à ce petit jeu ?

J'essaie de lever mes hanches ; il me cloue simplement au lit sous son poids. Les bras sur la tête, mes seins pointent, bien en vue, pour son plus grand plaisir. Je n'ai pas d'autre solution.

« Comment je m'appelle ?

– Dax. »

Il bouge. Ma récompense. Son énorme sexe me dilate et s'enfonce profondément dans mon vagin étroit, il atteint mon point G, je perds la raison. Inutile de me le répéter deux fois.

« Dax. Dax. Dax.

– Gentille fille. » Il sourit et me donne ce que j'attendais. Avant qu'il en ait terminé avec moi, son prénom résonne dans la pièce tel un chant.

8

« On a entré les coordonnées du lieu où se trouve le Capitaine Mills. » Un responsable des transports effleure la tablette et me regarde. Ou plutôt, *lève* la tête pour me regarder, il n'est pas bien grand.

Il me faut un moment pour réaliser qu'il ne parle pas de Sarah mais de son frère, Seth. Sarah n'est plus membre de la flotte de la coalition, elle m'appartient. Je dois juste récupérer son frère et les ramener tous deux vivants.

Le Commandant Karter s'est montré courtois, il nous a permis de porter des armures nous tenant lieu d'uniformes. Il nous a même remis des pistolets à ions.

« Vous ne pouvez pas changer d'avis et revenir vous

battre si vous êtes morte, » a-t-il sorti à Sarah. C'est probablement affectueux venant de lui, je lui suis reconnaissant qu'elle soit bien protégée vu ce qu'on va devoir affronter. La bête est là pour m'aider. Si un combattant de la Ruche s'approche de Sarah, je vais certainement me transformer en berserk et le tuer à mains nues. J'ai une arme au cas où mais ça m'étonnerait que je m'en serve.

Impossible de me cacher ses formes, même sous son armure. Je les remarque même peut-être plus, sachant désormais à quoi ressemblent ses seins, leur poids dans ma main, le goût de ses tétons. Ses hanches semblent plus charnues, je les sens encore sous ma poigne pendant qu'elle jouissait sur ma bite. La fièvre de l'accouplement n'entre en rien dans le désir irrépressible que j'éprouve envers elle. Je ne suis qu'un homme qui admire une femme sexy et désirable.

« Seigneur de guerre, aux dernières nouvelles, l'Officier Mills se trouvait à bord d'un vaisseau de la Ruche. Nous recevons des signaux provenant d'autres combattants de la coalition, tout porte à croire qu'il s'agit d'un vaisseau prison, ou d'un vaisseau les conduisant vers un centre d'intégration.

– J'ai entendu parler de leurs centres d'intégration, » répondis-je. Je n'ai pas envie de lui raconter ce que la Ruche fait aux prisonniers là-dedans : elle leur implante une technologie synthétique qui prend le dessus sur leur corps et leur esprit. Elle en fait des esclaves. Sarah contracte ses mâchoires, l'inquiétude pour son frère se lit dans ses yeux. Cette manifestation de crainte fait s'évanouir toute trace de désir.

« Dans quelle direction se dirige le vaisseau ? » demande Sarah.

L'officier chargé du transport jette un bref coup d'œil à Sarah, s'attarde sur sa poitrine, puis sur moi. « Ils sortent de notre système, vers le Secteur 438, seigneur de guerre. »

Sarah étrécit les yeux face à l'affront de ce petit snobinard.

Je désigne ma partenaire. « Elle vous a posé une question.

— Oui, mais *elle* ne fait plus partie de la flotte de la coalition. »

Sarah se dandine d'un pied sur l'autre mais ne montre aucun autre signe d'agacement. Je ressens, par contre, une colère semblable à celle provoquée par la fièvre de l'accouplement. Ce... préposé joue au petit chef et manque de respect à Sarah, à ma partenaire.

« Moi non plus, rétorquais-je.

— Si ce vaisseau se dirige vers le Secteur 438, il va entrer dans une zone sous le contrôle de la Ruche. Il sera alors perdu corps et biens. Il nous reste peu de temps pour le sauver. » Sarah ignore le macho qui se tient derrière le pupitre de commandes et s'adresse exclusivement à moi.

Le préposé ouvre la bouche pour parler puis la referme d'un coup sec en prenant connaissance de l'information communiquée par Sarah.

« Préposé au transport ... Rogan. » Elle regarde le nom indiqué sur l'uniforme. « Quand vous vous occuperez du transport, veuillez entrer les coordonnées de deux ponts sous la position exacte du Capitaine Mills. »

Le préposé fronce les sourcils. « Deux ponts en dessous ?

— Mon frère ainsi que les autres prisonniers sont très probablement retenus dans le navire-prison, nous voulons éviter leur transfert en cellule de rétention. Nous ne souhaitons pas les transporter directement devant la Ruche. Le navire-prison se trouve au niveau cinq du centre d'intégration. L'étage des approvisionnements se trouve deux étages plus bas, vous le sauriez si vous étiez parti en mission de reconnaissance à bord d'un vaisseau de la Ruche. Le cinquième niveau est automatisé et n'est généralement pas géré par du personnel de la Ruche. »

Elle hausse un sourcil, mettant au défi cet homme de la contredire.

« Elle dit vrai ? » demandais-je, j'utilise le ton employé lorsque je commande ma brigade sur Atlan.

Il se fige et me regarde. « Affirmatif. Les robots de la Ruche effectuent la maintenance à l'étage des approvisionnements.

— Alors, conformez-vous aux ordres de l'*ex* Capitaine Mills. »

Son plan tient la route. Je suis prêt à me battre avec la Ruche immédiatement après notre transport, tout comme lors de mon arrivée chez Sarah. Ni l'officier chargé du transport, ni le Commandant Deek, ni moi n'avions vraiment imaginé ce sur quoi nous allions tomber quand ils m'ont parachuté chez ma partenaire. Aucun de nous ne s'était douté qu'on arriverait au beau milieu de la bataille. C'était une erreur tactique, j'ai mis l'équipe de Sarah en danger et Seth Mills a été capturé par la Ruche.

Si j'avais pris en compte, tout comme le fait Sarah, la position exacte, non pas de notre proie, mais d'un lieu de repli, on ne serait pas en pleine mission de sauvetage à haut risque.

Elle réfléchit comme un vrai guerrier et je ressens quelque chose d'inattendu vis à vis de ma partenaire... de la fierté.

« Oui, seigneur de guerre. »

Le préposé au transport montre un doigt, deux doigts et regarde Sarah. « Prêts ? »

Elle hoche la tête et prend ma main. Je n'ai pas le temps de réfléchir à ce geste, en un clin d'œil nous quittons le cuirassé et nous retrouvons dans une pièce remplie de caisses. Le ronronnement sourd des machines est constant, plus sourd et plus fort que le rythme habituel des systèmes à bord des vaisseaux. Sarah s'accroupit immédiatement. L'espace d'un instant, je l'imagine en train de dégrafer mon pantalon et me faire une fellation. J'ai compris qu'elle est très douée pour me sucer mais je pensais pas qu'elle serait aussi goulue et enthousiaste niveau cul. L'idée de sa langue léchant mon énorme gland provoque une érection. Je dois faire abstraction de la pensée de sa bouche qui me suce. Je m'agenouille à ses côtés et me focalise sur notre mission.

« On ignore si la Ruche a équipé cet étage de capteurs, » dit-elle calmement.

Je ne pensais pas qu'*elle* resterait concentrée avec un plug dans le cul. Bon sang, voir ce petit orifice se dilater sur le plug me—

« Reste ici, je vais voir. »

Concentre-toi !

Dès qu'il s'agit de combattre, je fonce dans le tas. Une brigade de combattants Atlan est une force contre laquelle même la Ruche ne peut lutter. Mais Sarah n'est pas une Atlan et je dois constamment me rappeler que la patience et la stratégie sont de mise, et non la force brute.

Je l'attrape par l'épaule et l'arrête. « On y va ensemble. » Je lui montre mon poignet. « Rappelle-toi, on est inséparables.

– Et si on se fait choper ? »

Je serre les dents. « On se fera pas choper.

– Le premier combattant de la Ruche que j'aperçois … je l'immobilise et on s'empare de ses armes et de ses moyens de télécommunications.

– Et après ? » Je l'observe, j'ai bien compris qu'on est sur son territoire. Je n'ai jamais mis les pieds sur un vaisseau aussi petit avant d'arriver dans ce secteur. Je n'ai pas survécu dix ans au combat en méprisant les connaissances ou l'expérience de mes meilleurs combattants.

« Les ascenseurs sont au centre des vaisseaux de la Ruche, mais il existe des tunnels d'accès. On va emprunter ces tunnels. On aura plus de chance de les prendre par surprise.

– Ok. »

Elle hoche la tête et reprend son chemin parmi l'amoncellement de caisses.

Sarah

Seth est sur le navire-prison. Avec d'autres hommes qui n'ont pas mérité ce sort. Heureusement, on est là pour les sauver. Seth a-t-il déjà été transformé ? Sa peau et ses yeux sont-ils déjà argentés, tels ceux d'un cyborg sans âme ? A-t-il des implants externes sur ses bras et jambes ? Lui ont-ils rasé la tête ? Injecté des implants microscopiques dans ses muscles, pour le rendre plus rapide et plus fort qu'un humain ? Ressemble-t-il toujours à mon frère ?

Peu importe. Tant qu'il est vivant, je me fiche de ce à quoi il ressemble.

Dax montre le chemin, il a voulu passer devant. Oui, c'est un vrai homme de Cro-Magnon mais à ce moment précis, deux choses m'empêchent d'avoir envie de le taper : la facilité avec laquelle il arrache les têtes des combattants de la Ruche sans prévenir et son super beau cul. Si un assaillant de la Ruche se pointe, Dax se transformera en berserk au lieu de tirer. Je me concentrerai sur le sauvetage de mon frère au lieu de songer à caresser les fesses de Dax. J'ai remarqué qu'elles se contractent quand il me baise. Merde, ça me perturbe. C'est bien le seul mec de toute la galaxie capable de me distraire en pleine mission.

J'ai tellement changé en deux jours à peine. Non pas parce que je ne suis plus une combattante de la coalition. Non pas parce que je suis en couple avec un seigneur de guerre Atlan. Non pas parce que mon frère a été capturé par la Ruche. J'ai enfin pris conscience que je n'allais pas finir ma vie toute seule. Je ne vis plus par procuration.

Je me suis enrôlée dans l'armée parce que je savais combattre, et pourquoi ça, parce que j'ai grandi avec trois grands frères qui ne m'ont pas laissé le choix. Mon père ne m'a jamais offert de robes de princesse, de poney, de robes du soir. J'ai joué au paintball, j'ai fait du karaté et du hockey sur glace. J'ai jamais rien choisi, je n'ai fait que suivre et participer parce que j'étais la plus jeune mais aussi parce qu'autrement, je serais restée seule. Toute seule.

Et puis mon père m'a lancé le pire des ultimatums. Une promesse sur son lit de mort. J'ai intégré la coalition parce que j'ai promis à mon père que je retrouverai Seth et veillerai sur lui. Je me suis tellement focalisée là-dessus que je ne me suis pas rendue compte que mon père me bouffait la vie. Je n'avais pas le choix. Je n'avais rien choisi. Je devais juste retrouver Seth. Je l'ai retrouvé, j'ai combattu à ses côtés mais il a été capturé. Que se passera-t-il lorsque j'aurais tiré Seth du navire-prison de la Ruche et qu'il sera en sûreté ? Devrais-je passer ma vie à ses côtés ? J'ai respecté le souhait de mon père, je ramènerai Seth sur la terre ferme. J'ai intégré la coalition, j'ai quitté la Terre. Merde alors, j'ai même pris un partenaire Atlan pour tenir la promesse faite à mon père.

Et moi dans tout ça ? Quels choix ai-je fait ? Etonnamment, c'est Dax qui m'a fait comprendre qu'il y avait quelqu'un dans l'univers qui m'appréciait pour ce que j'étais, qui voulait les mêmes choses que moi, qui ferait tout pour *moi*. C'est différent, surprenant. Attachant.

Cet énorme et gigantesque extraterrestre ne me veut que du bien. Ouais, il se comporte vraiment comme un homme de Cro-Magnon—comme maintenant par exemple, je dois rester en sécurité derrière lui. Il veut bien m'aider à retrouver Seth, il a compris que ça comptait énormément pour moi. Il a toujours fait attention à mes envies quand il m'a baisée, s'est assuré que je mouillais, que je le désirais. Il m'a même inséré ce stupide plug dans le cul parce qu'il savait que ça me procurerait du plaisir—alors que j'étais totalement sceptique à la base. Ça fait un peu mal mais à vrai dire, j'ai mal partout. Je n'ai jamais été baisée de la sorte... jamais.

Son unique objectif est de me procurer du plaisir, une fois terminé, lorsque Seth sera sauvé, je me demande bien comment je pourrais satisfaire Dax. Non pas par obligation. Non pas parce que mon partenaire veut bien de moi, non, parce que j'ai *envie* de le rendre heureux.

Des pas lourds me tirent de ma rêverie. Il ne s'agit pas d'un gros groupe de la Ruche, probablement une simple patrouille de trois. Dax surgit de derrière une caisse pour les affronter, j'ai un moment de panique, j'ai peur qu'il lui arrive quelque chose, mais tout se passe en un éclair, je n'ai à peine le temps d'avoir peur. Des grognements, des rugissements, le tir d'un pistolet à ions, du métal qui tombe pesamment au sol, une caisse qui explose puis le silence. Dax a le souffle court. « R.A.S. »

Je me lève, il s'agissait bien de trois combattants de la Ruche. Deux sont étêtés, le troisième a été abattu. Dax ramasse une arme de la Ruche et me la tend. Elle est légèrement différente des armes standard de la coalition, mais après l'avoir examinée pendant quelques secondes, je comprends son fonctionnement. J'ai désormais une arme dans chaque main.

Dax respire toujours par à-coups, j'aperçois son cœur palpiter dans les tendons saillants de son cou. « Sarah. »

J'écarquille les yeux. « Quoi ? Qu'est-ce qu'il y a ? Ils sont morts je vais bien. »

Il secoue la tête par saccades. « C'est... merde, la fièvre. Je les ai dégommés tous les trois, elle est revenue.

– Alors sers-t-en. Allons chercher mon frère et les autres. Chemin faisant, tu pourras arracher toutes les têtes de la Ruche que tu veux.

– Elle est hyper forte. Bon sang, c'est du rapide. » Il recule. Il essaie de me protéger de lui.

Je réalise que nous nous sommes sur le navire-prison de la Ruche et qu'on doit trouver Seth, mais on ne peut pas avancer tant que Dax n'aura pas repris le dessus. Je dois le soulager. Je dois faire en sorte qu'il se calme ... Je dois penser à un truc qui n'ait rien à voir avec la baise. Je vais pas faire ça ici. Tout est calme, mais ce sera peut-être pas toujours le cas.

« Je sais. C'est dangereux pour nous. Je peux pas continuer comme ça, je ne distingue plus le bien du mal. Si ton frère te touche, je pourrais le tuer. »

Il m'avait prévenu, il peut devenir violent, la fièvre décuple ses forces. Et maintenant ? Qu'est-ce qu'on fait ? Un plan cul vite fait bien fait pourrait fonctionner mais on n'a pas la tête à ça. Trois ou trois cents assaillants de la Ruche pourraient nous tomber dessus en plein acte et on serait fichus.

Je dois le soulager, mais pas en baisant. On n'a pas le temps de se câliner. J'ai intérêt à trouver une idée rapidement avant de finir plaquée contre un mur, le pantalon baissé, sa bite profondément enfoncée dans mon vagin. Je mouille rien qu'à l'idée. Putain, je mouille rien qu'en voyant son cul.

Je pose mon arme sur la caisse la plus proche et caresse son visage. Il pousse un sifflement et m'enlace.

« Impossible de baiser, soufflais-je, il me caresse, j'ai une envie folle de lui, mon sexe me fait mal.

– Non, il respire par à-coups.

– Embrasse-moi. Touche-moi. Je suis là. Avec toi. Ça va aller. »

Je me hisse sur la pointe des pieds pour l'embrasser. Dax n'oppose aucune résistance et m'embrasse. Sa langue plonge instantanément dans ma bouche et ses mains effleurent mon corps ; mes hanches, mes fesses, mes seins. Je m'abandonne, je le sens, son goût me bouleverse. Je m'abandonne mais je dois rester en alerte. Je dois l'embrasser avec tout le désir que j'éprouve depuis qu'on est descendus de ce fameux lit, mais c'est également à moi d'y mettre un terme. Dax prend ordinairement les devants lorsqu'il s'agit de baiser mais à cet instant précis, c'est moi qui mène la danse.

Je recule et appuie mon front contre le sien. Nos souffles se mêlent, nous haletons comme si on avait couru un marathon.

« Ça va mieux ? chuchotais-je.

— J'adore ton goût. Tes lèvres, ta chatte, dit-il la voix rauque.

— Calme la bête afin qu'on puisse tirer Seth de ce vaisseau infernal. Tu pourras me goûter à loisir quand on aura réintégré nos quartiers sains et saufs. »

J'espère que ma promesse—car il s'agit bien d'une promesse —est de nature à le calmer.

Dax pousse un grondement sourd. « T'as intérêt, murmure-t-il tout en m'écartant. Je te préviens, dès qu'on sera seul et non plus sur un vaisseau ennemi, je te baiserai si longtemps que tu pourras même plus marcher droit.

— C'est noté, mon vagin palpite devant une telle promesse.

— Allons récupérer ton frère et tirons-nous d'ici. »

Dax me conduit vers le tunnel le plus proche, j'aurais pas fait mieux.

9

ax

Le baiser de Sarah apaise la bête réveillée par le sang de la Ruche sur mes mains. La fièvre de l'accouplement a frappé brutalement, j'ai pas pu l'arrêter, impossible de me calmer. J'ai tué les trois assaillants de la Ruche sans sourciller, mais une fois terminé, j'ai vu Sarah, je dois me la faire. La bête la désire avec une intensité presque douloureuse. J'aimerais la plaquer contre une de ces caisses et la baiser, la pénétrer et l'inonder de mon foutre, la bête veut dire à Sarah qu'elle lui appartient mais ce n'est ni le lieu ni le moment. Pas sur un navire-prison de la Ruche.

Je pourrais la baiser maintenant. Sarah sait que j'en ai besoin, le baiser m'a soulagé. Pouvoir la toucher, sentir qu'elle est près de moi m'apaise quelque peu. Si elle ne m'avait pas calmé, embrassé, je n'aurais pas pu empêcher la bête de prendre le dessus.

Ma respiration se calme, mon rythme cardiaque ralentit. Je peux rester auprès de Sarah sans risquer lui faire mal. Mon esprit met mon désir en veilleuse. J'ai goûté ses lèvres, je suis apaisé. Ce n'est que provisoire et on est sur ce putain de navire quelques instants seulement. On va pas traîner.

J'arrive au niveau du cinquième étage et me tourne vers Sarah. Elle hoche la tête, nous y allons. On ne parle pas, on n'a même pas besoin de se donner des ordres. On sait exactement ce qu'on a à faire, on se voue une confiance mutuelle.

On dégomme facilement trois groupes de la Ruche. Les capteurs se sont probablement mis en tilt sur leurs écrans. Sarah trouve le panneau de commande et met hors d'état de nuire les cellules commandant l'ouverture de portes.

« Seth ! » hurle-t-elle en déboulant dans le grand couloir.

Une douzaine d'hommes sont emprisonnés dans les différentes cellules, dont son frère. Les hommes ont l'air fatigué mais en bonne santé. Vivants. Entiers.

« Tout le monde est là ? » demandais-je. Un homme regarde autour de lui, compte dans sa tête et hoche la tête.

« Pas de blessés, vous êtes tous sur vos deux pieds ?
– Oui. On est tous prêts, dit Seth et je hoche la tête.

– Ils devaient commencer les transformations une fois arrivés au centre d'intégration. Aucun d'entre nous n'a été touché. »

Je suis soulagé qu'ils aient évité les horreurs de la Ruche.

Seth enlace Sarah, j'ordonne aux autres hommes de récupérer les armes de la Ruche et de s'armer en vue de leur évacuation.

« Qu'est-ce que tu fous avec *lui* ? » demande Seth, en me jetant un regard noir. Heureusement qu'il n'est pas encore armé.

Sarah regarde le sol et moi. « C'est mon mari. »

Seth s'empare du pistolet à ions d'un soldat et se précipite sur moi. « Tu t'es marié avec elle ? Tu te fous de moi ? T'atterris en plein milieu de la bataille et je me fais capturer par la Ruche ! Et maintenant— il passe sa main dans ses cheveux, de la même couleur que ceux de sa sœur, —et maintenant tu entraînes Sarah sur un terrain dangereux, dans ce putain de navire-prison de la Ruche ? T'es un vrai connard ou t'es simplement stupide ? »

Je sens le canon de l'arme pointé sur ma poitrine, je ne peux pas lui en vouloir. Il a été transféré hors du champ de bataille avant que j'aie le temps de dire ouf. Il n'a pas entendu qu'elle est ma partenaire, que je me la suis faite. Il ne sait rien du tout, hormis que j'ai fait foirer la mission sans le vouloir.

« Seth, laisse-le tranquille. C'est moi qui ai pris la décision de venir te sauver, pas lui. Il est là pour me protéger. »

Seth hoche la tête et regarde sa sœur. « Tu te fous de ma gueule ?

– Si t'es tellement inquiet pour la sécurité de Sarah, on discutera de ça quand on sera à bord du Karter. C'est contre moi que tu dois être en colère, pas contre Sarah. Ne t'avise plus de hausser le ton devant ma femme. »

Il inspire profondément et capitule, répond les dents serrées. « Ok »

On sait tous les deux que tout ce qui compte c'est que Sarah soit en sûreté, je touche le micro sur ma chemise. « Cuirassé Karter. Répondez. »

Silence. Je répète. Les mecs se regardent, subitement nerveux. Si j'avais été capturé par la Ruche et secouru, je serais nerveux, terrifié même, jusqu'à ce que je sois en sécurité à bord d'un vaisseau de la coalition.

« Salle de transfert j'écoute. Poursuivez. »

Les hommes se détendent, esquissent des sourires, sachant qu'ils partiront bientôt.

« Vous avez nos coordonnées, j'ai les quatorze membres de la coalition. Transfert.

– L'orage magnétique a endommagé la cabine de téléportation. Pas de transfert. Je répète, pas de transfert.

– On doit attendre combien de temps ? »

Les hommes se regardent, visiblement apeurés de voir la Ruche rappliquer. Le vaisseau n'est pas fait pour ça ; c'est un navire-prison et les combattants ennemis sont – pour le moment – tous derrière les barreaux. Inutile qu'un groupe de la Ruche rapplique.

« Aucune idée. Restez sur site jusqu'à la prochaine communication. Terminé.

– Des idées, » demande Sarah alors que la connexion est rompue.

Les hommes réfléchissent à différentes options mais aucune ne nous permet de quitter le vaisseau.

« On pourrait voler, propose Seth.

– Voler ? Ce vaisseau est trop grand. De plus, si on s'approche trop près d'un vaisseau de la coalition, on se fera descendre. »

L'un des soldats propose une solution intéressante.

« Tous les vaisseaux de la Ruche ont un pont de décollage avec des combattants opérationnels. On pourrait utiliser l'un d'entre eux, ajoute un autre.

– On se fera abattre si on est dans un avion ennemi, ajoutais-je.

– Pas si on traverse les interférences magnétiques dont nous a fait part le Karter en partant d'ici, » suggère Seth.

Je jette un œil à Sarah qui écoute attentivement. « Je ne sais pas piloter un avion de la Ruche. Quelqu'un d'autre ? »

Les hommes secouent la tête mais Seth regarde Sarah en faisant la grimace. « Sarah oui. »

J'écarquille les yeux, je n'avais aucune idée qu'elle savait faire ça. Elle sait tirer, se battre, elle connaît la stratégie et elle sait *voler*. Autre chose ?

« Je vais pas voler là-dessus ! »

Seth enlace les épaules de Sarah. « C'est pareil qu'un C-130. »

Je vois pas ce qu'est un C-130 mais j'imagine que c'est un avion qu'on trouve sur Terre.

« Ça n'a rien à voir, rétorque Sarah. C'est un avion de ravitaillement. Avec des ailes et un gouvernail.

– Tu sais piloter ? » demandais-je.

Seth sourit, il voue une confiance aveugle à sa sœur. « Elle sait tout piloter. Tu es son partenaire, tu devrais le savoir non ? »

Sarah lui donne une tape sur le bras. « Il me connaît depuis deux jours à peine. La ferme. »

Seth me lance un regard noir et s'adresse à l'un de ses hommes. « Meers, où se trouve le pont de décollage ? »

La recrue—son uniforme ne porte qu'une seule barre sur les manches—redresse les épaules et répond, « Deuxième étage, tout au bout du vaisseau.

– On y va. Si t'arrives pas à le piloter on aura au moins essayé de sortir de ce guêpier. » Seth regarde les hommes puis moi. « Seigneur de guerre, vous êtes le plus gradé ici.

– Je ne suis plus membre de la flotte de la coalition, répondis-je.

– On vous a foutu dehors ?

– Seth, fiche la paix à Dax. Si tu fermes pas ta putain de gueule tout de suite je te laisse planté là. C'est clair ? Il est à moi. Je veille sur lui. La discussion est close. »

Sarah me défend. Contre Seth. Tout ça, tout ce qu'on a fait depuis que je l'ai vue, on le fait pour récupérer son précieux petit Seth. Elle s'est mise en couple avec moi pour accomplir cette mission. Une fois qu'on sera sorti de ce navire-prison, j'aurais accompli mon devoir envers elle. J'avais imaginé qu'elle me tournerait le dos et repartirait main dans la main avec son frère terminer son service. Mais elle prend *ma* défense. Elle adore son frère. Et elle s'occupe aussi de moi ? Mon égo remonte en flèche mais je sens quelque chose en *moi*, la bête hurle *Mienne*. Mon cœur, mon âme gardent espoir. Il ne s'agit pas d'une partenaire avec laquelle baiser pour apaiser la fièvre de l'accouplement, mais d'une vraie partenaire qui a vraiment envie qu'on reste ensemble.

Seth la regarde comme s'il avait avalé des boulons en titane mais adresse à sa sœur un bref signe de tête. « Dax, vous avez l'expérience et les compétences d'un seigneur de guerre. Nous pourrions utiliser votre savoir-faire. »

Je regarde son frère l'espace d'un instant. Je dois admettre qu'il a la capacité de prendre sur lui quand c'est nécessaire. « Je n'ai pas envie que ma partenaire court le moindre danger une minute de plus ; restez ici n'est toutefois pas la solution. Ok pour voler si c'est Sarah qui pilote. »

Seth écarquille les yeux en entendant le terme partenaire, même si on lui en a déjà parlé, Sarah lève les bras afin qu'il voie les bracelets qu'elle porte aux poignets. Elle lui décoche un petit sourire et il lève les yeux au ciel.

« Alors allons-y, » dit Sarah en inspirant profondément.

J'attire Sarah vers moi et murmure à son oreille, « Tu es sûre ?

– Tu doutes de moi maintenant ? Elle hausse les sourcils.

– Bon sang non. Je me pose des questions quant au plan de ton frère. Si tu ne penses pas y arriver, il faut qu'on trouve une autre solution. »

Elle se met beaucoup la pression et évidemment, son frère en rajoute. Je lui ai prouvé qu'elle ne devait pas tout porter sur ses épaules—ça lui a valu une fessée—et je n'ai pas envie qu'on régresse alors qu'on a avancé, je n'ai pas envie de perdre sa confiance.

« J'ai volé dans l'armée de l'air, sur la Terre. Les avions et les vaisseaux ne se pilotent pas de la même manière toutefois. Je ne suis pas astronaute mais je dois tirer treize mecs de ce vaisseau. J'ai fait de la simulation durant l'entraînement à la coalition. Je vais m'en sortir ou mourir.

– Tu ne mourras pas. On va trouver une solution, » répétais-je. Effectivement, notre équipe disparate compte treize hommes. Il va falloir qu'on s'en sorte ou qu'on essaie de tenir la Ruche à l'écart le temps que le transfert soit possible.

Elle secoue la tête et me regarde droit dans les yeux. "Non, Dax. Je peux y arriver. Je peux nous sortir de ce vaisseau. Fais-moi confiance. »

Elle commence à donner des ordres avant que je puisse répondre. « Trois partent devant. Pistolets à ions prêts à tirer. Concentrez-vous qu'on se sorte de là."

Les hommes s'activent, ils ont hâte de sortir de ce vaisseau infernal, ils vouent une confiance aveugle à Sarah.

Nous suivons Meers et les mecs partis devant sur le pont de décollage. Nous croisons un groupe de la Ruche mais les mettons rapidement hors d'état de nuire.

Deux vaisseaux identiques sont sur le pont et Seth nous conduit vers le plus proche.

« Dax, Seth, tenez la Ruche à l'écart pendant que j'essaie de voir comment faire voler cette caisse à savon. »

Seth sourit devant ce terme très terrien—j'ignore ce qu'est une caisse à savon—et se met à aboyer des ordres. Je vais suivre le plan de Seth mais je suivrai toujours Sarah. Elle est sous ma responsabilité. Je la protégerai, ou, comme elle l'a dit elle-même, je vais faire en sorte qu'elle ne meurt pas. Evidemment, Seth sait probablement que je ne vais pas rester les bras ballants et forcément rester collé à ma partenaire, il ne me donne pas d'ordre.

Nous sommes à mi-chemin sur la rampe de décollage lorsque la première détonation nous jette tous au sol. Les oreilles sifflantes, je me relève immédiatement et pousse un grognement. Trois mecs de la Ruche se tiennent à l'autre bout de la rampe de lancement, d'autres munitions gisent à leurs pieds. Les armes produisent une petite onde de choc rendant le vaisseau hors d'usage, ou endommage la carlingue de façon à ce qu'il ne soit plus en état de voler.

Je les charge, je fais feu avec mon pistolet à ions et dégomme le premier. Le second s'effondre alors que j'approche, Seth est agenouillé derrière moi et me couvre. Le troisième attaquant de la Ruche recharge calmement tandis que j'approche, il est tout occupé à sa mission, vider son chargeur sur notre appareil.

Je me demande ce qui lui traverse l'esprit lorsque je lui écrase la gueule, que je lui tords le cou. J'aurais bien voulu continuer en arrachant sa tête de ses épaules mais Sarah crie à tout le monde de monter à bord, Seth et moi sommes les deux derniers encore au sol.

« Maintenant, seigneur de guerre ! » me hurle Seth, tout en canardant un trio de la Ruche qui a fait irruption. Je n'ai pas le temps de les charger, on referme les portes derrière nous et on monte dans le vaisseau, je rejoins Seth.

Les hommes sont avachis dans le couloir, toute leur énergie s'est volatilisée après la bataille et l'évasion. Je repère Meers. « Où est Sarah ?

– Au poste de pilotage. » Il lève la main et indique la direction prise par ma partenaire. Seth et moi nous mettons à courir.

Sarah regarde le pupitre de commandes dans le cockpit. Elle a bouclé sa ceinture et a l'air très concentrée.

« Alors ? » On dirait un pupitre de commandes lambda mais je ne suis qu'un combattant au sol.

« Les commandes sont différentes, ça ressemble plus à un jeu vidéo qu'à un cockpit, je devrais m'en sortir. »

Je ne comprends rien à ce qu'elle dit mais ça semble prometteur. Elle se tourne sur le siège du pilote, bidouille le manche en forme de U et les drôles de pédales.

« Il n'y a pas de clé pour l'allumage. » Elle appuie sur des boutons jusqu'à ce que ça s'allume.

« Tu sais piloter ça ? »

Elle continue de bidouiller les boutons, actionne d'autres interrupteurs, inspire profondément alors que le bruit des moteurs qui vibrent retentit sous nos pieds.

« Attachez vos ceintures ! » hurle-t-elle afin que ceux dans le couloir entendent.

Je regarde derrière moi, personne. Les hommes doivent savoir qu'il faut s'attacher, les puissantes vibrations du vaisseau ébranlent le sol.

J'obéis, je boucle mon harnais tandis que Sarah marmonne un mantra étrange et répétitif que je ne connais pas. « Qu'est-ce-que tu fais ?

– Je prie. »

Ça ne me rassure pas mais je n'ai pas d'autre choix que de lui faire confiance. Elle a dit qu'elle savait faire voler ce vaisseau, je la crois. Je dois m'en remettre à Sarah. C'est elle qui gère. Tout mon corps me hurle de la jeter sur mon épaule et la sortir de là. Mais c'est la bête Atlan primitive qui parle, pas l'homme réfléchi assis à côté d'elle. Un Atlan ne perd jamais le contrôle en cas de situation dangereuse. Jamais. Et je commence à comprendre ce qu'elle m'a donné, l'immense confiance qu'elle m'accorde en agissant à l'encontre de sa vraie nature, en m'offrant son corps. Rester assis sans rien faire à côté d'elle est la chose la plus difficile que je n'ai jamais faite.

Des tirs de pistolet à ions sur la fenêtre du pilote éclatent en étincelles blanches qui brûlent le verre.

« La Ruche à quatre heures, annonce Sarah.

– Quoi ? »

Elle indique derrière mon épaule, ce doit être un concept terrien. Pas l'heure exacte ... peu importe.

« Deux escadrons de la Ruche, » hurle Seth en passant la tête dans le cockpit.

Une autre rafale touche la fenêtre. « Sans blague, Sherlock, dit Sarah d'une voix tendue, les yeux sur les écrans. Ils essaient de surcharger le réseau électrique, de rendre le vaisseau inopérant. »

Un pupitre court-circuite à gauche de Sarah, elle se lève et le referme.

« A genoux, histoire que je nous tire d'ici ! » crie-t-elle, l'angoisse rend sa voix aigüe.

Une déflagration ébranle violemment le vaisseau, j'entends le bruit de mes dents s'entrechoquer dans mon crâne.

« Des attaques acoustiques. » Seth jure tandis qu'une autre explosion déclenche plusieurs signaux lumineux sur le siège du copilote. La déflagration des ondes sonores va mettre notre vaisseau en pièces avant même le décollage.

« Voilà pourquoi je préfère de loin le combat au sol. » Je regarde les commandes des blasters à ions équipant les armes montées sur les côtés et l'avant du vaisseau. Je ne sais pas ce que je cherche. Je me sens inutile, ma bête déteste ça. Mes muscles se mettent à doubler de volume, je deviens plus costaud et plus grand tandis que je lutte pour me maîtriser.

Sarah doit avoir senti que je suis en difficulté car elle

m'appelle d'une voix calme. « Dax, tout va bien. Tu ne peux pas te transformer en berserk ici, on manque de place. Dis à la bête qu'elle devra attendre.

– Bon dieu. Putain c'est un vrai désastre. » Seth surgit à mes côtés et appuie sur plusieurs boutons, les armes situées en haut du vaisseau tirent en direction de la Ruche.

Une autre déflagration et je sens l'odeur des circuits grillés. Le grondement sourd d'une autre attaque acoustique retentit, suivi d'un pop. Une alarme se déclenche, j'essaie de comprendre comment l'arrêter.

« Sarah, sors-nous de là putain, hurle Seth.

– Seth, dégage de là putain. Sarah serre les dents. Heureusement que la Ruche ne t'a pas tué, je m'en occuperai personnellement quand on sera rentrés. »

Elle tripatouille d'autres boutons, siffle et s'agrippe.

« Préparez-vous à... »

Elle appuie sur un bouton jaune. Les portes s'ouvrent, l'espace est sous nos pieds.

« Doux Jésus, les portes se sont ouvertes, murmure-t-elle. Trois. »

Elle repousse facilement le manche.

« Deux. »

Elle pose ses genoux sur les pédales au sol et agite le vaisseau latéralement. Elle trouve son équilibre et l'appareil se lève, il flotte sur la rampe de lancement, prêt à accélérer.

« Un. »

Elle tire sur le manche et l'appareil fuse hors du

navire-prison. La puissance de la propulsion me cloue au siège, je suis incroyablement soulagé de partir. Sarah jure pire qu'un bagarreur Atlan, ses mouvements sont saccadés tandis qu'elle lutte pour garder son cap.

« Sarah, calme-toi, tu es hors de portée des tirs.

– Je suis calme, » répond-elle d'un ton sec. Je sens l'odeur de son sang et fais mine de la toucher mais elle me remballe. « Une minute. Je n'ai pas terminé.

– Tu es blessée. »

Elle hausse les épaules. « Une simple égratignure, Dax. Laisse-moi faire. On n'est pas encore sains et saufs. Je t'écoute, Seth. »

Seth est assis devant les écrans radars derrière elle, il traque les navires ennemis susceptibles de nous suivre. « La voie est libre. Aucun poursuivant.

– Dieu merci. » Elle est assise en silence, la sueur coule le long de ses tempes tandis qu'elle dirige le vaisseau parmi l'espace de la coalition. Le champ magnétique secoue et ébranle le vaisseau pendant quelques minutes, le système d'affichage radar passe au vert.

Seth s'allonge dans son fauteuil et agite un poing victorieux en l'air. « Oui. On est cachés par le champ magnétique. Impossible qu'ils nous retrouvent sœurette ! Putain de merde ! T'as réussi !

– Super. Dax, tu peux prendre les commandes. Tout droit—jusqu'à... » Sa main lâche le manche, elle touche son flanc et pousse un gémissement. « Sûreté... Jusqu'à ce qu'on soit en sûreté. »

Au lieu de regarder l'espace, je regarde Sarah. « Je

sens l'odeur de ton sang, partenaire. Tu transpires comme si je t'avais baisée des heures durant. »

Seth marmonne un truc comme quoi il y a des raclées qui se perdent en entendant ma remarque mais je l'ignore.

Sarah grimace mais ne répond pas. Il y a un truc qui cloche. Elle est pâle. Trop pâle, elle respire mal, elle a le regard vide.

J'enlève mon harnais et me tourne vers elle. Elle cligne des yeux à plusieurs reprises et regarde dans ma direction, je sais qu'elle ne me regarde pas.

« Une simple égratignure, Sarah ? Tu mens ? » Je me déplace lentement, m'agenouille et examine son flanc. J'ai envie de la taper et de l'enlacer mais je n'en fais rien. Le sang imbibe son armure et goutte sur le plancher, un gros morceau de métal est fiché dans son armure. Le métal a dû perforer une côte, le poumon peut-être. « Têtue que tu es. Tu te vides de ton sang. »

Elle regarde de son côté et pose la main près de l'éclat de métal. « Ça va, Dax. Ça va mieux. Ça fait presque plus mal. » Elle sourit comme une gamine idiote et insouciante, c'est encore pire que ce que j'imaginais.

« Seth, prend les commandes. Tout de suite ! Meers ! » Je hurle dans le couloir, je défais son harnais. Putain de merde elle est grièvement blessée et elle m'a menti. Elle est touchée à mort et continue de piloter un vaisseau de la Ruche. Elle s'est sacrifiée pour gagner quelques minutes supplémentaires. Elle est train de mourir pour ces hommes. Pour moi.

« Arrête de me crier dessus, répond-elle en appuyant sa tête contre le siège du pilote.

– Tu m'as menti. » Je suis hors de moi et la bête écume. Pas de désir, de peur. Je suis angoissé, inquiet pour ma partenaire. Ça me mine, je suis partagé, gémir ou hurler, j'aimerais réduire ce vaisseau en pièces, et tous ses occupants avec.

« Il fallait sortir de là.

– Tu es la femme la plus butée, la plus compliquée et la plus chiante que je connaisse. T'aurais dû me dire que tu avais été méchamment touchée. C'est arrivé quand Sarah ? Quand ? »

« Pendant l'attaque acoustique, en montant à bord du vaisseau, souffle-t-elle. Mais ça va mieux. Ça ne me fait plus mal, » répète-t-elle, la main posée sur mon avant-bras. Elle me laisse une empreinte sanglante. Si ça lui fait pas mal, ça veut dire ...

« Sarah, ne me quitte pas, » je murmure cet ordre et embrasse ses lèvres tandis que Meers surgit dans l'habitacle.

« Oui, seigneur de guerre ? » Meers passe la tête dans le cockpit tandis que je prends Sarah dans mes bras. Seth se glisse dans le siège du pilote, s'assure de garder la même direction que celle prise par Sarah.

« Sarah est grièvement touchée. Contacte l'équipe de transport du Karter afin qu'ils nous tirent de ce foutu vaisseau. *Tout de suite*. Si elle meurt, vous mourrez tous avec elle. » Ce n'est pas une menace en l'air. Si elle meurt avant qu'on atteigne le cuirassé, la bête réduira en menus morceaux tout être vivant à bord de ce vaisseau et je ne pourrais strictement rien faire pour l'arrêter.

« Foutue mission suicide. Le capitaine met vos vies en danger à cause de son comportement imprudent, éructe le Commandant du navire.

– Elle a sauvé douze combattants de la coalition des mains de la Ruche *et* a récupéré les communications de la Ruche grâce au vaisseau qu'elle a volé. » Je me redresse de toute ma hauteur, je toise le guerrier Prillon qui ose insulter ma partenaire blessée. « De nombreux hommes lui doivent la vie sur ce vaisseau. »

Le Commandant croise les bras et secoue la tête. « Je sais. Je vais récupérer les hommes et les communications. » Le Commandant marmonne ces derniers mots mais j'ai l'ouïe fine d'un Atlan et la bête est aux aguets. « N'empêche, c'était imprudent. »

Si je n'étais pas en train de surveiller ma partenaire inconsciente, j'aurais réglé ça tout de suite, je lui aurais pété la gueule. Je commence à en avoir ras le cul de ces commandants chiants. A commencer par le mien, qui m'a inscrit à ce programme de rencontres pour ne pas que je meurs, celui de Sarah qui a refusé que je l'aide à retrouver Seth. Et maintenant celui-là. Je reste à côté du caisson d'urgence dans lequel repose Sarah, les docteurs agitent leurs baguettes sur ses blessures. Je sais qu'elle sera rapidement guérie grâce à la technologie présente sur ce vaisseau mais la bête se fiche de la logique ou de ce qui est juste. Je lutte de toutes mes forces pour réprimer ce côté sombre. Ma partenaire est grièvement blessée et je ne peux rien faire. Les docteurs oui, mais moi ? Je ne peux pas la protéger à cet instant précis. Je reste planté là, sans rien faire, pendant que les médecins font le nécessaire.

Seth et ses hommes ont bossé sur les communications et nous ont transporté sur un vaisseau se trouvant hors de l'axe du champ magnétique, et non pas sur le Karter. Ça a pris moins de cinq minutes, les hommes ont prêté assistance de façon efficace, comme toujours. Dans la flotte de la coalition, tout a un objectif ou une raison. Tout est logique. Les ordres sont donnés et exécutés. Chaque guerrier est fort et sait exactement ce qu'on attend de lui. Se battre, saigner, mourir. Chaque guerrier connaît son rôle, tout comme ma Sarah.

Je regarde ma partenaire, elle a l'air si fragile allongée là, si faible, loin d'être immortelle. Ce n'est pas une femme cruelle issue d'une race de guerriers. Non, c'est une terrienne fragile, ma partenaire, mon cœur, ma vie. Peu importe qu'elle soit une guerrière, assez compétente pour organiser une attaque au sol ou traverser un champ magnétique aux commandes d'un navire ennemi. Elle est plus courageuse que tous ceux que je connais, plus brillante que n'importe quel stratège, mais son corps est si fragile. Je meurs d'envie de la prendre dans mes bras pour l'amener loin d'ici, de ces hommes, du bruit, du danger permanent d'une attaque ennemie. Pendant des années, rien de tout ça ne comptait, tout m'était dû. Nous sommes en guerre contre la Ruche, et ce depuis ma naissance, et cette guerre durera certainement longtemps après ma mort. Mais je ne veux pas que ça touche Sarah. Plus jamais. Elle est trop belle, trop parfaite pour toute cette laideur qui l'entoure.

En l'espace de cinq minutes, je me suis rendu compte que je n'étais pas aussi fort que je pensais. Les muscles ne protègent pas d'un chagrin d'amour, je suis sur le point de perdre Sarah. Elle est forte là où je suis faible. Elle a perdu deux frères et son père, tout ce qui restait de sa famille a été emporté par l'ennemi sous ses yeux. En guise de réponse, elle a fait preuve d'une détermination sans faille pour sauver Seth. Son amour ne tarit jamais, son espoir têtu déborde de force et de courage. J'ai trop besoin de son amour, un secret qu'elle garde bien caché dans son cœur.

Ces cinq minutes m'ont aidé à comprendre que nous devons faire des compromis. Elle donne sans compter, je ne fais que prendre. A mon tour de donner, je dois lui permettre d'être elle-même, ne pas la forcer à être la faible femme dépeinte par le commandant, même si j'avoue avoir pensé la même chose au départ.

J'ai envie de me baisser pour la toucher, sentir si sa peau est chaude, écouter les battements de son cœur, la regarder respirer, mais le docteur m'a demandé de rester à l'écart. J'ai menacé de lui arracher les bras s'il me faisait sortir, il m'a permis de rester pourvu que je ne reste pas en plein milieu. C'est un bon compromis mais je ne la quitte pas des yeux.

Je devrais vouloir lui asséner une bonne fessée, lui rendre le cul tout rouge pour s'être blessée mais elle n'a commis aucune imprudence pour mériter ça. Je ne voulais pas qu'elle court le moindre danger, et pourtant j'étais là quand ça s'est produit. Je n'aurais pas pu la protéger du pupitre de commandes qui explose ou du morceau qui s'est planté dans son flanc. Hormis l'attacher à mon lit, je ne peux pas vraiment l'empêcher de se faire mal. Je ferai en sorte qu'elle passe du bon temps si elle était attachée mais elle ne tarderait pas à me détester à force d'être confinée. Je ne peux pas lui refuser sa passion, le combat. C'est une guerrière et ça ne changera pas. Je dois retenir cette dure leçon, dire qu'il a fallu qu'elle soit gravement blessée pour que je m'en rende compte.

Je me demande comment je vais mater la bête durant sa convalescence. Le médecin vérifie ses fonctions vitales et change de côté. « J'ai entendu dire que le capitaine avait fait des miracles. »

Je cherche sur son visage une quelconque trace de fausseté mais n'en décèle aucune. « Elle a piloté un appareil ennemi endommagé, nous a sorti d'un navire-prison de la Ruche, a réussi à mettre en déroute une triade d'éclaireurs de la Ruche et nous a ramené à bon port en traversant un champ magnétique. Ce n'était pas sur un coup de tête, il s'agissait bien d'une opération de sauvetage.

– Je confirme les dires du seigneur de guerre. » Seth me rejoint auprès de Sarah et la regarde, les dents serrées, il se contracte. « Tout comme les onze autres hommes dont elle a sauvé la vie.

– Elle s'en remettra, » annonce le docteur à Seth. Il a déjà vu son frère mais Seth a dû partir faire son débriefing. « On l'a endormie, histoire de faciliter la cicatrisation. D'après l'ordinateur, elle se réveillera d'ici deux heures. Je lui ferai subir un examen médical complet lorsqu'elle sera entièrement remise mais je n'ai aucune inquiétude. »

Seth jette un dernier regard à sa sœur, visiblement satisfait de son état et se tourne vers le commandant du vaisseau.

« Commandant, avec tout le respect que je vous dois, » dit Seth. Il regarde le commandant Prillon en tant que capitaine. Fier, grand. « Tous les chefs de la coalition nous laissaient pour morts moi et mes hommes. Sans elle, je serai un soldat de la Ruche. Si vous comptez la traduire en cour martiale, allez-vous faire foutre. Elle a dû composer avec des ordres à la con, affronter cette énorme bête et s'occuper de moi. C'est Wonder Woman. »

Le Commandant et moi fronçons les sourcils. « Qui ça ? »

Seth lève les yeux au ciel. « Une femme qui réussit tout ce qu'elle entreprend. »

Je réprime difficilement un sourire, ça décrit parfaitement Sarah. J'ignore qui est Wonder Woman mais c'est *ma* Wonder Woman. Au début, j'ai détesté Seth parce que Sarah se mettait en danger pour lui, mais là, il me plaît de plus en plus.

« Capitaine Mills, répond le commandant, il éructe, les dents serrées.

– Commandant.

– Je ne peux pas punir votre sœur puisqu'elle ne fait pas partie de l'armée de la coalition. Elle est *sa* partenaire, c'est déjà une punition en soi. »

Je devrais me sentir offensé mais je suis bien tombé avec ma petite partenaire humaine. Je dois juste attendre deux heures qu'elle se réveille.

« Quant à vous... » le commandant avance mais Seth ne recule pas. Les deux hommes sont pratiquement nez à nez. Sarah ne peut pas être punie par la coalition, Seth peut être dégradé et condamné aux travaux forcés pour le restant de son temps de service. C'est le commandant qui décide. Seth mérite une punition pour insubordination. « Vous êtes révoqué. »

Seth le salue et sort.

« Quant à *vous*, » le Commandant se tourne vers moi. « Fichez-moi le camp avec votre partenaire dès elle sera sur pieds. Arrêtez de me narguer avec ce que je ne peux pas avoir. »

Il tourne les talons et passe devant le médecin, parti voir comment se porte Sarah.

Je souris à ma partenaire. Ses constantes sont normales, aucune alarme ne retentit, le médecin est calme et satisfait, elle réagit bien au traitement. J'ai failli la perdre aux commandes du vaisseau, je ne savais pas quoi faire. Pour la première fois de ma vie, je n'ai pas su quoi faire. Je ne pouvais pas la sauver. Les muscles ne font pas tout. Arracher la tête d'un mec n'est pas toujours la solution.

Je suis par conséquent forcé d'attendre. Quand elle sera guérie, je lui donnerai une fessée pour la trouille qu'elle m'a fichue. Ensuite, je lui donnerai du plaisir, j'adore tellement la regarder jouir sur mes doigts et ma bite.

10

arah

JE ME RÉVEILLE, Dax me dévisage. Je cligne trois fois des yeux, j'essaie de me souvenir à quel moment je me suis endormie. Je me sens reposée et bien installée mais j'ai l'impression d'avoir manqué un épisode.

« Tu te sens mieux ? me demande-t-il, l'air inquiet.

– Je me sens ... oh ! » je m'assoie et manque de me cogner la tête.

Je suis dans un dispensaire comptant plusieurs lits et des patients inconscients. Je porte une tunique ne ressemblant pas à celle des hôpitaux sur Terre. Tout me revient : le sauvetage à la prison, le vaisseau, la douleur au côté, le morceau de métal.

Je passe la main sur mon flan, plus de trace de l'éclat

dans ma peau—ou dans ma tunique du moins—pas de sang. Je ne ressens aucune douleur.

« Tu es guérie, » murmure-t-il, il ôte les cheveux sur mon visage. Ils sont détachés dans mon dos.

« Si c'est ça la médecine de l'espace, je valide, » commentais-je, j'appuie à l'endroit où je sentais la brûlure cuisante de la blessure. Sur Terre, je serai morte, ou j'aurai mis des semaines à guérir. « J'ai manqué combien de temps ?

– Deux heures au dispensaire, et cinq autres minutes inconsciente dans mes bras pendant que ton frère s'occupait du transport.

– Seulement ? Ouaouh. »

Dax se lève et pose ses mains sur mes hanches. « Seulement ? » J'entends un grondement dans sa poitrine. « Partenaire, tu as idée de ce que j'ai enduré ? »

Avant que je puisse répondre, le docteur revient et passe une drôle de baguette sur moi. Il regarde son écran, se penche et appuie sur un bouton dans le mur derrière moi.

« Vous pouvez y aller.

– Ah bon ? » Je suis estomaquée, je me suis pris un éclat de vaisseau spatial il y a à peine trois heures et je suis déjà sur pieds.

« Effectivement. Vous êtes totalement guérie, vous pouvez quitter le dispensaire. »

Je bascule les jambes sur le côté, je saute, j'atterris pieds nus sur le sol froid. Je couvre mes fesses nues.

« Elle est complètement guérie, elle peut *tout* faire, docteur ? » demande Dax.

Je rougis, je vois très bien de quoi il parle.

Il s'éclaircit la gorge. « Oui, elle peut *tout* faire. »

Dax se penche et avant que j'aie le temps de comprendre ce qui se passe, me prend sur son épaule. Je me tiens à ses fesses pour ne pas tomber.

« Dax ! » hurlais-je.

Il pivote sur ses talons et sort quasiment en courant.

« J'ai le cul à l'air ! » je sens de l'air froid, *n'importe* qui peut *tout* voir.

Il s'arrête, agrippe ma tunique et tire vers le bas, il pose sa main sur mes fesses nues. Je lui suis reconnaissante d'être si possessif, on se retrouve dans le couloir en un clin d'œil.

« On va où ? » le sol passe du vert à l'orange, tout ce que je peux dire vue ma position c'est qu'on a quitté le dispensaire et qu'on se dirige vers la zone habitation du navire.

« Dans notre chambre.

– Et les autres, ils vont bien ? Dax, pose-moi. Je ne peux pas parler si je mate ton cul. » Je le martèle de mes poings.

« Tout le monde va bien.

– Et Seth ? Je retiens mon souffle en attendant sa réponse.

– Aussi. »

Je pousse un soupir de soulagement. « Emmène-moi le voir s'il te plaît. »

Dax marque une pause une fois arrivé au carrefour de deux couloirs. « Très bien. »

Il parcourt un long corridor et tombe sur une porte. Il me repose par terre, passe son bras autour de ma taille et appuie sur le bouton, sur Terre on appellerait ça une sonnette.

Je rajuste ma tunique. « Tu aurais au moins pu me laisser me changer avant de m'amener ici. T'es vraiment un homme des cavernes, grommelais-je.

– Tu vas voir quand on sera dans la chambre. » Il me regarde d'un air appuyé. « Tu vas voir à quoi ressemble un homme des cavernes. »

La porte s'ouvre, Seth paraît devant moi, sain et sauf. Visiblement très remonté contre Dax, il a forcément entendu ce qu'il compte me faire.

Histoire de mettre un terme à une énième joute verbale, je prends Seth dans mes bras. Ça fait du bien, de savoir qu'il est sain et sauf et… quoi d'autre ? Je l'aime. Vraiment. C'est mon frère, je l'écoute, il m'énerve au plus haut point quand il joue au petit chef. Mais…

Je recule et regarde Dax. Il se dresse là—il n'y a pas d'autre mot, il bloque carrément le passage—il m'attend. Seth est de mauvaise humeur parce que c'est mon partenaire. Nom d'une pipe, il a fait le *maximum* pour moi. Il est entré dans un navire-prison de la Ruche pour sauver un homme qui le déteste de tout son cœur, tout ça parce que je l'aime.

C'est Dax qui commande maintenant, plus Seth. C'est lui que j'ai envie d'enlacer. C'est pour lui que je m'inquiète— non pas que je ne m'inquiète pas pour Seth, mais *là*, c'est différent. *Je* suis différente. Je me suis servie de Dax pour récupérer Seth. On a conclu un marché et il l'a respecté.

« J'arrive pas à croire que tu sois maquée avec ce géant, marmonne Seth. T'as idée de ce dans quoi tu t'es fourrée ? Je peux pas te sauver cette fois-ci sœurette. »

Je reste bouche bée et dévisage mon frère, les yeux écarquillés. J'étrécis les yeux, ma tension monte tellement que je suis à deux doigts de faire un infarctus. J'avance vers lui et pointe un doigt sur sa poitrine.

« Me sauver ? Tu te fous de ma gueule ou quoi ? Tu m'as sauvée de quoi putain ? » hurlais-je.

Dax surgit dans la chambre de Seth et la porte se referme.

Seth a l'air mal à l'aise, il passe sa main dans ses cheveux. « De Tommy Jenkins en CM1 quand il voulait regarder sous ta jupe. De Frankie Grodin qui voulait seulement t'amener au bal de promo pour que tu figures sur son tableau de chasse. De ce sergent excité qui t'a fait faire des pompes en rab.

« Pour commencer, Tommy Jenkins m'a emmerdée quand j'avais dix ans et je lui donné un coup de poing dans le nez. Ça a fait tout drôle à Frankie Grodin quand Carrie et Lynn ont pris sa bite en photo et l'ont envoyée à toute la classe. Quant au sergent, il m'a fait faire ces pompes parce que t'arrêtais pas de venir me voir. Alors quand tu parles de me 'sauver', rappelle-moi un peu qui t'a tiré des griffes de la Ruche, grand frère ? »

Je croise les bras sur ma poitrine, je me fiche que l'arrière de ma tunique s'ouvre et que Dax voit mon cul.

Seth devient de plus en plus rouge devant ma diatribe et montre Dax. « Il a déboulé en plein combat, j'ai été capturé à cause de lui.

— Oui mais c'était un accident. Ça aurait pu arriver à n'importe qui. Putain de merde, t'aurais pu te faire choper dans n'importe quelle autre bataille. Pourquoi tu lui en veux autant alors qu'il est venu te sauver ?

— Parce que t'es partie avec lui !

— Ah, il aurait dû venir te sauver tout seul ? »

On se crie dessus, je regarde Dax, appuyé contre un mur, souriant. Pour une fois, il ne s'en mêle pas.

« Il t'a mis dans ce merdier à cause de toute cette affaire de mariage. » Seth agite sa main, comme s'il ne voyait pas comment qualifier la chose.

« Alors c'est à cause du mariage ? Putain Seth, t'es un vrai crétin. Si tu en veux à quelqu'un, alors va voir la gardienne Morda à Miami, c'est elle qui m'a inscrit par erreur dans le programme des épouses, au lieu de m'enrôler dans la coalition. Tu sais quoi, vous vous entendriez à merveille. »

Je secoue la tête et pousse un soupir exaspéré. Du coin de l'œil, je vois Dax se raidir. Merde, il a l'air énervé.

Seth baisse les épaules. « Je veux pas qu'il t'arrive quelque chose. Chris et John sont morts, je dois veiller sur toi.

— Non, c'est à Dax de veiller sur moi. »

Je m'approche de Dax, l'enlace et plaque ma joue contre sa poitrine.

« On voit ton cul tu sais, » grommelle Seth qui détourne immédiatement le regard.

Dax referme les pans de ma tunique.

« Et là je vois sa main sur tes fesses.

– Bon dieu, Seth, il m'exaspère, je préfère l'ignorer. Je profite de me sentir contre Dax, son odeur, le martèlement sourd de son cœur, sa main sur mes fesses. « Grâce à tout ce bazar, je me suis rendue compte que je vivais dans ton ombre, en obéissant à Papa. Je me suis même engagée dans l'armée pour lui faire plaisir, pour faire comme John, Chris et toi. »

Il me regarde, visiblement surpris. « Hein ? Je croyais que ça te plaisait moi !

– Ah, parce que tu crois que j'aurais pas préféré faire de la danse au lieu de faire du karaté à dix ans ? *Voilà* pourquoi j'ai cogné Tommy Jenkins, parce que je savais frapper. » Je marque une pause et continue. « Ecoute, Seth, je t'aime. Je suis contente que tu aies fait tout ça pour moi, avec Chris et John, mais j'ai toujours suivi le mouvement, j'ai enfin envie de faire ce qui *me* plait. »

Seth se tire le lobe de l'oreille. « C'est à dire ?

– Dax. »

Dax se contracte et se détend. Il me place devant lui, je lui tourne le dos. Il pose ses mains sur mes épaules. Je ne le vois pas mais je sais qu'il est là. Je doute qu'il connaisse le terme usité sur Terre mais sa posture parle d'elle-même.

« Sérieusement ? Demande Seth en secouant doucement la tête.

– Sérieusement. Je pars sur Atlan lorsque sa fièvre de l'accouplement sera tombée.

– Pour de bon ? Les deux hommes posent la question en même temps.

– Oui. Pour de bon. C'est décidé. Je n'ai pas besoin de rester près de toi pour savoir que je t'aime, Dax a besoin de moi. »

J'entends un grondement derrière moi.

Seth agite la main et soupire. « Vas-y, Sarah. Je ne veux que ton bonheur, qu'il ne t'arrive rien. C'est tout ce que je souhaite après tout. Sois heureuse et fais dix gamins avec— Seth dévisage Dax une minute, il pèse ses mots tandis que je sers le poing, prêt à lui donner un coup de poing si jamais il insulte encore une fois mon partenaire—cet immense guerrier qui, j'en suis certain, serait prêt à mourir pour te protéger. » Seth tend la main à Dax, qui semble perplexe.

« Promis. » Mon vagin se contracte sous ma robe en entendant le grondement sourd de Dax, qui inspire profondément, il a senti mon excitation. Il gronde et m'attire contre lui. Mon frère garde le silence et reste stoïque, la main tendue en signe de paix.

« Serre-lui la main, Dax. » Je prends la main de Dax et la met dans celle de Seth afin que mon frère puisse la serrer. Je souris, contente de voir que Seth a compris. Il recherche peut-être lui aussi sa partenaire.

Souriante, je hausse les sourcils vers mon frère de façon suggestive. « Tu sais, t'es capitaine maintenant.

– Je sais. » Mon frère lâche la main de Dax, l'air embarrassé.

« Tu as le droit de demander une partenaire en adhérant au Programme des Epouses Interstellaires. Elle serait parfaite à tous points de vue, la femme idéale. »

Seth éclate de rire et je souris, soudainement effrayée à l'idée. Seth secoue la tête. « Je crois pas.

– Quoi, t'as peur de tomber sur une petite extraterrestre toute verte et maigrichonne ? Mais non. Ils te font passer des tests Seth. Ils te mettent des capteurs sur le crâne et te montrent des cérémonies d'accouplement, tu vas tellement bander que tu vas devenir fou. Ils réussissent à trouver la personne qui te convient à cent pour cent, qui a les mêmes idées bizarres que toi. »

Seth regarde Dax, puis moi. « Alors comme ça, tu voulais un grand mec effrayant ? »

Dax gronde en guise d'avertissement, je rigole de bonheur. « Oui. Apparemment. » Je tapote la joue de Seth et sourit. « Et maintenant, si tu veux bien nous excuser, je dois m'occuper de mon extraterrestre, il a la fièvre. »

Seth grogne. « Putain sœurette, épargne-moi les détails. » Il se dirige vers la porte et l'ouvre. « Va. Soigne-le. Fais ce que tu veux, mais pas devant moi. »

Dax avance, tend sa main à mon frère en signe d'amitié, je suis surprise. « J'amène ma partenaire sur Atlan, Seth. Tu seras toujours le bienvenu, quand tu veux. »

Seth fixe la main tendue et agrippe l'avant-bras de Dax, l'accolade des guerriers. « Prends bien soin d'elle.

– J'en ai bien l'intention, à commencer par une bonne fessée pour m'avoir menti concernant ses blessures, et puis ... et puis— »

Seth lâche le bras de Dax, lève la main tandis que je reste bouche bée face aux paroles de Dax. Qu'est-ce qu'il va faire ?

« Frérot, tu en dis trop. » Seth secoue la tête, glousse tandis que je déglutis, j'essaie d'assimiler ce que Dax vient de dire.

« T'as *pas* intérêt à me donner de fessée, criais-je, les joues en feu. Je t'ai sauvé la vie, Dax. J'ai sauvé tout le monde. Si je t'avais parlé de la gravité de ma blessure, tu ne m'aurais pas laissé voler. Tu m'aurais fait lever du siège du pilote et— »

Dax m'interrompt. « Et j'aurais trouvé quelqu'un d'autre pour tenir ces foutues commandes afin que tu ne te vides pas de ton sang. Tu as risqué ta vie pour rien, Sarah. Tu m'as menti. Je vais te rendre le cul tout rouge afin que ça se reproduise pas.

– T'as intérêt, répond Seth, jouant le frère protecteur. Tu m'as fichu une putain de trouille, Sarah. » Il hoche la tête en direction de Dax. « Rajoutes-en une couche pour moi. »

Dax lève un sourcil mais acquiesce sur le champ. « Ça marche. » Il m'entraîne vers la porte.

Avant de la refermer, Seth annonce, « Seigneur de

guerre, si jamais tu lui fais du mal, je te traquerais et te tuerais. »

Dax frotte mes épaules. « Et ce serait mérité. »

Dax

Quelques heures plus tard, je suis sur le balcon de notre nouvelle demeure auprès de ma partenaire, je respire les odeurs et contemple Atlan. Ça fait dix longues années que je n'avais pas vu les collines vertes et dorées, les arbres immenses aux feuilles vertes et violettes, les fleurs de mille couleurs le long des rues. On dirait du verre soufflé, leurs pétales transparents scintillent sous la lumière de notre étoile, telles des millions de lumières qui brillent.

Sarah est belle à couper le souffle dans sa robe au merveilleux tissage, la plus belle de tout le Secteur. L'or pâle tombe en drapé depuis ses magnifiques épaules et épouse la naissance de ses seins. Elle la moule au niveau des hanches et s'évase jusqu'aux chevilles. Je lui passe un gros pendentif ovale en or autour du cou, gravé, tout comme les bracelets, aux insignes de ma lignée.

Quand on a été téléportés, on portait toujours les armures de la coalition, l'ancien grade de capitaine de Sarah n'est pas passé inaperçu auprès des membres du sénat sur Atlan. Les cris de surprise et les regards curieux ont immédiatement commencé, et je sais, avant même que le message ne s'affiche dans les quartiers d'habitation, que ma femme sera une vraie célébrité, une femme unique et fascinante qui a combattu auprès de son partenaire, une femme guerrière. C'est une première sur Atlan.

Elle referme le pendentif sur sa poitrine et tourne en rond, en rigolant. Je l'ai jamais vu aussi libre et insouciante. « J'ai l'impression d'être la Belle, comme dans *La Belle et la bête*. »

Je fais la moue. « Je ne vois pas de quoi tu parles, partenaire. »

Elle s'arrête et me sourit. « Peu importe. Je suis heureuse. Pour la première fois de ma vie.

– Heureuse comment ?

– Je me sens belle. Douce. » Elle virevolte, sa robe tourbillonne autour de ses genoux. Ses longues boucles brunes tombent en cascades dans son dos. « J'ai l'impression d'être une princesse. Et on vit dans un château. Bon Dieu, Dax. T'es riche ou quoi ? Cet endroit est un truc de fou. » Sarah sourit et se pend à mon cou, elle veut un baiser, que je lui donne bien évidemment. Elle est haletante, le souffle court, elle a envie de moi, je sens l'odeur de son excitation, je la repose et contemple la femme sur le point de devenir la mienne.

« On ne parle pas d'argent ici. Je suis un seigneur de guerre Atlan, et tu es ma partenaire. »

A son tour de faire la moue. « Je ne comprends pas. »

J'effleure sa joue, je savoure son bonheur, cette lueur

de liberté que je ne lui avais jamais vue. « Peu d'Atlans reviennent sains et saufs de la guerre. La plupart sont exécutés lorsqu'ils se transforment en berserkers au combat. Ceux qui dominent leurs bêtes, ceux qui sont assez forts pour rentrer, sont récompensés, on les comble de richesses, de terres, de châteaux. » Je montre le bâtiment massif qui nous entoure. Nous n'avons pas besoin d'une demeure aussi grande, elle ne compte pas moins de cinquante pièces et une escouade de domestiques Atlan veillant sur nos moindres désirs. J'effleure sa lèvre inférieure, ma bite raidit à la vitesse grand V. « Je suis heureux de t'en faire profiter, princesse. »

Elle m'observe, je porte la tenue d'un seigneur de guerre à la retraite, ma veste cintrée ne cache pas mes épaules larges et mon torse massif, elle fait ressortir les bracelets en or brillants que je porte aux poignets, qui indiquent qu'elle m'appartient. Son sourire s'évanouit et son regard s'assombrit subitement.

« Qu'est-ce qu'on va faire maintenant, Dax ? Je ne sais rien faire à part me battre. Je me sens inutile, comme un bibelot qui prend la poussière sur la cheminée. Des hommes valeureux combattent et meurent, et je tourne en rond comme une idiote. Je sais pas comment faire avec — elle montre sa jupe et me regarde. Je ne suis pas une princesse, Dax. Je ne sais pas comment faire, je ne peux pas être heureuse alors que je devrais être sur le front. Pendant que des hommes valeureux meurent.

– Ils se battent pour que tu puisses vivre. Ils se battent pour que d'autres puissent vivre à leur tour, tout comme toi avec la coalition, et sur Terre. Ça fait longtemps que j'ai quitté Atlan. On y arrivera ensemble. »

J'enlève ma veste et la jette par terre. Ainsi que ma chemise. Torse nu, je la sens contre ma peau nue, je l'attire contre moi et colle son oreille sur mon cœur. « On ne va pas rester sans rien faire, partenaire. Le sénat va nous demander de participer à de nombreuses manifestations, d'être les ambassadeurs de ceux qui voudront rejoindre la flotte. On va nous interviewer et nous questionner sans relâche. On va nous consulter sur des questions d'ordre politique et de guerre. On va apprendre aux autres comment survivre au combat, on aura des enfants, partenaire. Je veux sentir mon enfant dans ton ventre. Je veux une maisonnée pleine de filles effrontées et de garçons bagarreurs. J'ai envie de te baiser dans les toilettes, contre un mur, t'embrasser pour que les enfants n'entendent pas tes hurlements de plaisir. »

Elle rit, ses épaules tressautent. « Tu es vraiment incroyable, Dax. »

Je touche son dos et défais sa robe, le tissu doux tombe à ses pieds. Je sais ce qu'elle porte en-dessous, un truc en tissu moulant qui ne va pas m'empêcher de la fesser, de la baiser, de m'accoupler.

Je la prends dans mes bras, entre dans notre chambre à coucher, m'installe sur le lit, avec elle sur mes genoux. Elle reste allongée, tranquille et heureuse, sa chaleur m'apaise. Qu'elle soit ici, chez nous, me calme d'une façon incroyable.

Mais elle a encore une leçon à apprendre.

Je relève son menton, l'embrasse jusqu'à ce qu'elle n'en puisse plus, jusqu'à ce que son désir mouille sa tunique, que ses tétons pointent sous mes mains avides.

Douce et consentante, je l'installe à plat ventre sur mes cuisses, sa tête pend et ses fesses pointent, prêtes pour une bonne fessée.

« Dax ! Qu'est-ce que tu fais ? Elle s'agite mais je la maintiens fermement.

– Tu m'as menti, Sarah. Je t'ai promis une fessée. Elle est bien méritée, elle t'attend depuis notre arrivée.

– Dax. Non. T'es pas sérieux. Je devais— »

Ma main s'abat brutalement, la querelle stoppe net. Elle crie, non pas de douleur, mais sous l'affront, je la frappe plus fort, ma paume me brûle à force de la taper. « Non, partenaire. Tu n'as pas le droit de mentir. Jamais. Tu dois dire la vérité. Tu dois apprendre à me faire confiance. »

Pan !

Elle se débat et je continue, « Si tu m'avais fait confiance, je t'aurais aidée. J'aurais pu m'occuper de ta blessure, prendre ta place pour diriger l'appareil, préparer les soins de premiers secours. *Pan !* Mais tu m'as enlevé ce droit, en tant que partenaire, de prendre soin de toi. Tu t'es mise en danger, ainsi que moi, et les hommes pour lesquels on a risqué nos vies. Tu m'as menti. *Pan!* Ne refais plus jamais ça. »

Elle essaie de me pousser mais elle est petite, ses bras ne sont pas assez longs pour prendre appui sur le sol. Avec un grognement, je déchire le tissu transparent qui recouvre son corps, le tissu délicat se déchire comme du papier sous ma main, je la frappe, cul nu, sans m'arrêter.

Le silence règne, uniquement interrompu par mes coups sur ses fesses nues. Elle ne crie pas, ne répond pas ou ne supplie pas pour demander pardon. Je la frappe jusqu'à que ses fesses soient rouge vif, jusqu'à ce que j'entende ce que je voulais entendre.

« Je suis désolée, Dax. » Elle fait acte de contrition. « Je n'aurais pas dû mentir. J'aurais dû te dire la vérité et te faire confiance pour m'aider. Je suis désolée. Je ne voulais pas te faire peur. Je n'avais pas compris.

– Compris quoi ?

– Que tu—que tu m'aimais. »

Mon envie de continuer ma punition s'évanouit, je caresse sa peau douce, je la câline, j'ai besoin de la toucher, de savoir qu'elle va bien, qu'elle est guérie et à moi, tandis qu'elle reste tranquille et accepte que je la touche. « Tu es toute ma vie, Sarah. Tu es tout pour moi. »

Mon aveu n'attend pas de réponse, je n'ai pas envie d'être déçu par son absence de sentiments à mon égard, je me penche sur ma droite et trouve la petite boîte, exactement là où je l'avais laissée sous le lit. Tout en la maintenant, j'ôte le gode de son étui et prends le lubrifiant dont je vais avoir besoin pour lui procurer du plaisir. Je vais la faire jouir jusqu'à ce qu'elle ne pense à rien d'autre que moi, pour toute sa vie. Qu'elle m'aime. Pour le moment, elle est nue. A moi. C'est déjà ça.

« Ne bouge pas. » Je reconnais à peine ma voix, la bête est là, c'est indéniable. « Tu es mienne.

– Dax ? Qu'est-ce que tu— »

Avec rapidité et précision, j'enfonce le plug lubrifié dans son orifice étroit ; la vue de l'interrupteur sortant de son cul me fait gronder.

« Mienne. » C'est le seul mot que je suis capable de prononcer pour le moment, j'ai la tête pleine, pleine de l'envie de la baiser, de la posséder, de la baiser à nouveau. Je sens l'odeur de son sexe dégouliner sur ma bite, j'ai besoin d'entendre ses cris de plaisir, de sentir son corps docile sous mes mains et l'odeur de ma semence sur son corps.

« Je suis à toi mais pourquoi tu m'as mis ce truc dans le cul ? » Elle s'agite, ma verge se raidit d'autant plus.

« Ce *truc* est là pour te procurer du plaisir. Tu te rappelles, il est de mon devoir de te punir mais également de te procurer du plaisir. »

J'écarte ses fesses, j'examine si le gode est bien en place, si sa vulve rose est bien mouillée et glissante. Elle est trempée ; l'odeur réveille la bête, c'est une odeur que je ne peux pas ignorer.

« J'ai pas besoin que tu introduises un truc ... *là.* »

Je lui donne une tape sur ses fesses rouges. « Oh que si. T'as adoré ça la dernière fois. Souviens-toi, on est marié, je connais tes besoins. Tu en as *besoin*, je vais te donner ce dont tu as besoin. » Je tapote la base du plug et elle pousse un cri. « Tu vas adorer. »

D'un mouvement rapide, je lève ses hanches, fais pivoter son corps afin que son ventre se plaque contre le mien et commence à lui brouter avidement la chatte. Elle hurle, ses jambes s'agitent un moment mais elle finit par appuyer ses genoux sur mes épaules, j'ai trop hâte de la goûter, de baiser son vagin avec ma langue.

Je pénètre son corps, j'accueille avec bonheur la transformation que je ressens. Mes muscles se distendent et se reforment, plus gros, plus forts. Mes gencives se rétractent et je sens mes dents pointer tandis que je lèche sa chatte d'avant en arrière, sauvagement, ma langue virevolte sur son clitoris, inlassablement, jusqu'à ce que ses cuisses se contractent sur mon visage, elle s'agite et s'arcboute contre moi, les mains tremblantes.

Je suce son clitoris, je rugis. Très fort. Si fort que les vibrations doivent probablement se sentir à l'autre bout du long corridor, les réverbérations vont se répercuter sur son clitoris comme une attaque acoustique, ça va la mener au paroxysme.

Sarah s'agite et crie, j'aime ça, son vagin se contracte sous l'effet de la jouissance. J'enfonce profondément ma langue, qui surfe sur la vague de l'orgasme, je la doigte rapidement et violemment, je lui procure du plaisir.

Une fois terminé, je la soulève, la prends dans mes bras en lui faisant effectuer un mouvement de rotation, sa bouche se plaque contre la mienne, ses seins s'écrasent contre ma poitrine, sa chatte trempée n'est qu'à quelques centimètres de mon énorme queue.

Elle s'éloigne en frissonnant et contemple mes muscles saillants, mes traits marqués. Je m'attends à de la crainte, un choc, de la répulsion. Elle écarquille simplement les yeux et reprend son souffle. « Putain de merde, t'es canon, Dax.

— D'ici demain, tu seras mienne. On sera accouplés, unis, liés. La fièvre sera retombée, il ne restera plus que toi et moi. Tu seras à moi pour toujours Sarah. Je ne te laisserai jamais. »

Elle fait les gros yeux devant tant de possessivité, un frisson parcourt son corps. Je tremble, la bête exige que je la libère. Elle le sent peut-être, elle relève la tête en signe de défi.

« Marque ton territoire, Dax. Tu te retiens constamment. »

La sueur de mon front coule sur sa poitrine, je me penche et la lèche pour la sécher, je trace un chemin entre ses seins et remonte jusqu'à son cou. Je la mordille, je l'immobilise tandis qu'elle s'agite pour s'approcher.

« Je ne veux pas te faire mal. J'ignore comment la bête va réagir. » Elle tire sur la corde, elle tire pour que je la libère, elle est prête à la baiser sauvagement.

« Tu ne m'as jamais fait mal. » Elle rejette la tête en arrière, m'offre—non, offre à la bête son cou offert, sa confiance en offrande.

Je secoue la tête et serre fort les yeux. La fessée c'est une chose, mais je n'ai jamais laissé libre cours à la bête. « T'en sais rien.

— Dax, » murmure-t-elle, elle attend que j'ouvre les yeux. J'en suis sûre. Tu ne me feras pas de mal. La bête non plus. On est mariés, tu te rappelles ? *Tu* sais que j'aime avoir un plug dans le cul. »

Elle rougit face à cette confession.

« Je sais que tu ne me feras *jamais* de mal. » Elle déglutit, lèche ses lèvres et poursuit. « J'en ai envie. J'ai envie de toi. J'ai envie de vous deux. Laisse-la sortir Dax. Je veux rencontrer la bête. »

Je ne peux plus me retenir. A ces mots, je cherche à mordre, je libère la bête rugissante. Ma bite palpite et grossit à vue d'œil, je suis prêt à la posséder. Mes muscles grossissent, mon corps s'élargit, c'est douloureux. Mes dents aiguisées piquent ma lèvre inférieure, mes mains se tordent, se courbent afin que je puisse mieux l'agripper, la tenir pendant la pénétration. Elle ne pourra pas s'échapper.

« Dax. » Elle effleure mon visage dur d'une main tremblante, mais la bête ne sent pas la peur, une vraie bénédiction. Je ne suis plus en mesure de lui apporter mon soutien ou la débarrasser de ses doutes. La bête a désormais les pleins pouvoirs, elle a ce qu'elle veut.

« Mienne. »

Elle gigote entre mes bras, veut m'embrasser. « Oui. Je t'appartiens. »

La bête gronde mais aime sa réponse, aime ses lèvres douces sur les miennes. Je m'avance vers elle sans rien dire et la guide vers un mur capitonné contre lequel je pourrais la prendre sans lui faire de mal. La bête baise toujours debout, jamais allongée, elle ne baisse jamais la garde. Ça va se passer à la mode Atlan, la chambre est conçue pour ça. « Mienne.

Oui. » Son dos heurte le mur, j'écarte grand ses fesses et sa vulve humide sur mon gland.

– Mienne. » Je l'empale contre le mur d'un seul coup, violent et bien profond. Elle est torride, toute mouillée, hyper étroite, je vais exploser, le plug dans son cul frotte contre la base de ma verge à chaque pénétration. Mon existence tourne autour d'elle : ses yeux, son odeur, ses petits cris et sa peau douce. Son vagin humide attend mon sperme. « Mienne.

– Oh, mon Dieu. » Ses paroles ne plaisent pas à la bête. *Je* suis désormais son seul et unique dieu.

« Mienne *!* » La bête la pilonne ardemment, pousse un grognement féroce et inflexible tandis que je pilonne sa chatte, j'enfonce ma bite jusqu'à la garde. Je la cloue sur place avec le poids de mon corps, je lève ses bras au-dessus de sa tête et attache les bracelets aux serrures magnétiques prévues à cet effet. Elle essaie de baisser les bras, halète tandis que je lève ses jambes et la pilonne encore et encore, je soulève ses hanches de plus en plus haut à chaque coup de boutoir.

Je ne ralentis pas lors de son premier orgasme, je la baise encore plus rapidement et ardemment, elle gémit et s'agite. Je pourrais faire ça pendant des heures, je le ferai, jusqu'à ce que la bête soit comblée. Je la baise violemment, ses genoux s'enroulent autour de mes coudes afin de garder ses cuisses bien ouvertes. Ses seins tressautent et se balancent à chaque pénétration. Ses yeux se ferment, son visage se contracte sous l'extase, elle jouit, son sexe se contracte sur mon membre comme un étau. Cette vision m'hypnotise, je sais que je pourrais tuer pour la protéger. Ma loyauté lui appartient, ni au roi ni au pays, ni à la famille ou à la lignée. Je lui appartiens. A Sarah exclusivement. « Mienne. »

Sarah hurle son plaisir encore une fois et la bête rugit de joie. La nuit promet d'être longue et Sarah va adorer chaque minute. Nous serons alors liés pour de bon, corps et âme. La nature reprend ses droits, le processus d'accouplement a commencé, l'odeur de mes phéromones emplit l'air, j'approche sa tête de ma peau pour qu'elle sente mon odeur, que je marque sa chair, que je la sente, que je la fasse mienne. La bête gronde son consentement tandis qu'elle mordille ma poitrine.

11

arah

Les mains au-dessus de la tête, un géant que je reconnais à peine me prend contre un mur, son odeur virile et musquée submerge mes sens, j'ai l'impression d'être saoule, je sens son désir, sa peau. Il attire mon visage contre sa poitrine, j'y frotte ma joue, je m'abandonne sous l'étreinte de mon partenaire. Il sent meilleur qu'une eau de toilette. Il sent le courage et le pouvoir, il est à moi. Je mordille sa poitrine, assez pour apaiser mon envie de le marquer à mon tour, de le faire mien, tout comme il m'a fait sienne. Merde, on est mariés après tout !

J'entends son grondement, je sais qu'il est le mien. Je le *sens*. Le fait qu'il se soit retenu si longtemps prouve la force qui couve derrière la bête, mais c'est fini tout ça. Il est à moi. *La bête* est à moi.

Oui, la bête. Avant, ce mot me fichait une trouille énorme. La bête ? Son grognement me provoque un orgasme quasi immédiat, je sais alors qu'elle est enfin lâchée.

Il me pilonne et je frémis sous la pénétration, son membre épais qui s'enfonce en moi, la force inhumaine qui m'enchaîne durant l'accouplement tandis que ses coups de boutoir se poursuivent, inlassablement, de plus en plus profondément, je touche au fin fond de mon âme, je ne l'abandonnerai jamais.

Je me suis demandée comment ça se passerait. Deviendrait-il un chien enragé écumant de bave ? Comme ces animaux métamorphes dans les romans ? Fou et violent ?

Son bassin claque contre mon clitoris et je pousse un gémissement de plaisir. Non. Il ne me ferait jamais de mal. Cette certitude me fait chaud au cœur, il écarte mes jambes et s'enfonce dans mon vagin, violemment, ardemment, sa peau frotte contre la mienne, son odeur m'enveloppe. Il n'a plus rien d'humain, on dirait un héros de bd avec ses muscles saillants, son corps musclé et ses traits dessinés. Ses dents semblent plus longues, un vrai prédateur, capable de m'arracher la gorge très facilement, il me goûte, ses lèvres et sa langue m'explorent, je frissonne.

J'ai tout simplement envie de sentir sa virilité, son côté masculin en diable, il est plus *Dax* que jamais. Je sais qu'il me désire à sa façon de me regarder. La bête désire mon corps, mais c'est toujours Dax qui se cache derrière elle, il *me* désire. On a baisé, non, on a fait l'amour d'abord, on s'est prouvé combien on tenait l'un à l'autre en se touchant, par plaisir, mais il est toujours resté en retrait, il m'a toujours caché sa vraie nature. Mais c'est terminé. Désormais, je veux avoir le meilleur des deux facettes de Dax. Son côté tendre et prudent et... son côté déjanté.

Dax a toujours eu le dessus, j'étais à sa merci lorsqu'il a attaché mes bracelets au mur au-dessus de ma tête, il ne m'a pas fait mal, même lorsque la bête m'a prise et possédée complètement. Il accélère l'allure et je hurle, je me cambre en sentant sa bite en moi. Sa bite grossit, elle est encore plus grosse qu'avant. Si chaude et épaisse, une bête a pris possession de mon corps sans pitié ni excuses. J'ondule des hanches afin de l'accueillir entièrement. Il ne me fait pas mal mais je me mords les lèvres pour réprimer mes cris, je m'adapte à cette dilatation supplémentaire, la brûlure érotique de la conquête, sentir ses poings sur mes fesses tendres me rend plus torride, plus sauvage.

Mon orgasme déferle et il rue en jouissant, sa bite palpite et s'agite en moi, son sperme chaud gicle dans mon vagin. Il s'immobilise, le souffle court, il me tient toujours, il frotte sa peau contre la mienne, il sent ma peau, la goûte, l'embrasse. Il dit la seule chose dont il est capable lorsqu'il revêt cette apparence et je souris. *Mienne.* Inlassablement.

« Oui, » dis-je en me léchant les lèvres. Il recule et me

contemple, ses muscles rétrécissent, son visage reprend sa forme initiale que j'adore, il effleure ma joue et reste sans bouger. Une veine palpite sur sa tempe et la sueur dégouline de sa joue, sa respiration se calme mais il ne relâche pas son étreinte. Il ne se retire pas ni ne me pose à terre. Je reste dans cette position, clouée au mur par sa bite, à la même place, pour son plus grand plaisir, il me reluque de la tête aux pieds, inspecte tout de moi.

« Ça va ?

– Parfaitement bien. » Il n'a pas l'air très rassuré, j'ajoute, « J'avais envie de toi, Dax. J'avais envie de la bête. » Je contracte mon vagin, je l'enserre dans un étau pour qu'il comprenne, choquée de découvrir qu'il est toujours en érection.

Il écarquille les yeux en sentant ma manœuvre et ondule des hanches, me pilonne à nouveau, je gémis. Il gronde en retour, s'enfonce à nouveau, dévore ma bouche en un baiser torride je me cambre, mon vagin se contracte d'autant plus.

« Tu es sûre que ça va ? Je ne t'ai pas fait mal ? » gronde-t-il.

Je tire sur mes bracelets juste pour les entendre tinter, pour lui rappeler que je ne pouvais rien faire hormis obéir et laisser Dax et la bête faire à leur guise. « Oui. »

Je me tourne, j'essaie de le forcer à m'embrasser, j'essaie de l'exciter en enserrant sa bite encore une fois.

Il m'embrasse sauvagement. « Tu as envie qu'on continue ?

– Oui.

– Supplie-moi, Sarah. Dis mon nom. Dis-le. » Ses mots claquent tels un fouet.

« Dax, je t'en prie. » Je croise son regard et continue. « S'il te plait. Comme un sauvage. Encore. Allez Dax. Libère la bête. *J'ai envie de toi.* »

Il me regarde une dernière fois et enfin... se lâche. Je l'adore encore plus, il prend tellement soin de moi mais il est temps qu'il se lâche. « Oui, oui, vas-y. »

Il me possède sauvagement. Sans aucune gentillesse, sans aucun rythme, il baise comme un dieu. Il me baise inlassablement jusqu'à ce que je jouisse, je brûle littéralement et lutte pour respirer.

Je croyais qu'il avait terminé, que la fièvre aurait définitivement baissé mais non. De ses mains douces, il libère mes poignets, me porte sur le lit et me pose à plat ventre, il m'installe comme il le désire. Il glisse un oreiller sous mes hanches et ôte les cheveux de mon visage. Je peux pas bouger, je suis trop comblée, trop rassasiée pour faire quoi que ce soit mais je le laisse faire.

« Tu es prête pour la suite, Sarah ? » Sa voix est redevenue normale, c'est l'amant que je connais, l'homme qui donnerait tout pour moi, même sa vie, pour me protéger.

« Dax. » Je frémis à l'idée qu'il me pénètre à nouveau. Un autre orgasme intense, une autre chance de dominer mon corps, mon esprit. « Oui. »

Il effleure mes bras, mon épaule, mon dos de ses larges mains. Il glisse deux doigts dans mon vagin bien humide.

« Tu vois, Sarah. J'ai encore envie de toi. La bête est

satisfaite pour le moment. Mais elle s'inquiète, elle craint qu'on t'ait fait mal.

– Je vais bien. »

Il branle mon clitoris et je m'agite sur le lit, je me presse contre lui. « J'ai encore envie de te posséder. T'es partante ? »

J'apprécie le fait qu'il soit aussi attentionné mais parfois, une fille aime bien être prise contre un mur et baisée comme si elle était la femme la plus belle, la plus irrésistible, la plus désirable du monde. « Dax, la bête et toi pouvez faire ce que vous voulez. »

Il rit, se penche et active le plug anal, les vibrations recommencent, comme la nuit dernière. Je pousse un gémissement de plaisir alors que de nouvelles sensations réveillent mon désir. Il soulève mes hanches, se glisse entre elles et s'agenouille, mon cul pointe en l'air. Sa fessée claque sur mon cul endolori et je pousse un cri, la chaleur m'envahit. Avant que je puisse réagir, il m'en assène une autre et la chaleur se propage jusqu'à mon clitoris. Je suis sur le point de lui demander de me pénétrer lorsqu'il m'attire contre lui, contre ses cuisses, et s'enfonce profondément, son sexe glisse en moi.

Il ondule doucement, malaxe mes fesses douloureuses, il écarte ma vulve en grand, explore mon intimité de ses gros doigts, me dilate, se glisse à l'intérieur, je suis totalement ouverte pour qu'il m'inspecte, tout en regardant son membre entrer et sortir de mon corps. J'enfouis mon visage dans le matelas, mes cuisses sont grandes ouvertes, mon cul et ma chatte sont à sa merci... je le laisse faire. Je m'abandonne totalement, contente qu'il me possède. Je ne me suis jamais sentie aussi puissante qu'en ce moment. Ça dure cinq minutes ou une heure, je perds la notion du temps tandis qu'il me pilonne en se contrôlant délibérément, c'est parti pour une autre partie de jambes en l'air. La bête m'a possédée il y a quelques minutes à peine, c'est au tour de Dax, l'homme. C'est mon partenaire. Il se penche et branle mon clitoris, tout en retirant le plug anal, il me baise doucement avec. Je sais ce qu'il veut. Il veut tirer du plaisir de mon corps hyper sensible, il peut exiger ce qu'il veut, je le lui donnerai.

« Jouis pour moi, Sarah. Jouis maintenant. »

Mon corps répond à sa demande, l'orgasme déferle tandis qu'un miaulement de plaisir m'échappe. Son sperme gicle en moi tandis que je jouis, je suis une déesse, une magnifique déesse désirable et sensuelle qui vient de dompter la bête.

Je me réveille blottie contre Dax, emboîtés l'un dans l'autre. Chaque centimètre carré de sa peau est un cocon protecteur. Il dort paisiblement et j'ai l'impression d'avoir conquis l'univers, heureuse que la bête soit enfin satisfaite. Nous ne sommes plus de simples partenaires, nous sommes liés ; son odeur m'enveloppe, elle a remplacé celle de ma propre peau, je me sens en sécurité, à l'abri, chez moi. J'ai mal, délicieusement mal entre les jambes. Un pack de glace me ferait le plus grand bien mais pour le moment, Dax a été aussi prévenant que possible, son sexe est... conséquent et il n'y est pas allé de main morte.

Tout sourire, les souvenirs de la nuit me reviennent. Il a été exigeant, dominateur et je lui en suis reconnaissante. Cette sensation de douleur persistante me force à ne pas oublier que c'est Dax qui commande, il a ce côté sauvage en lui. L'un de mes bracelets brille, ils sont assortis à mon pendentif, je soupire d'aise, je ne porte que ces deux seuls bijoux. Je lève le bras pour mieux voir le bracelet. Je le touche, le métal est chaud, j'effleure le dessin du doigt, soudainement curieuse. J'ignore en quelle matière il est : de l'or, du titane ou un minerai qu'on trouve sur Atlan. Au début je détestais les porter mais maintenant, je suis heureuse, c'est un heureux témoignage du lien qui nous unit.

J'effleure le dessin gravé dessus et repense à cette humaine incompétente, la gardienne Morda, la souris. Son erreur m'a amenée ici, à connaître le bonheur dans les bras de l'homme que j'aime. Dax est un homme d'honneur courageux, dominateur et viril. Il est assez fort pour que, pour la première fois de ma vie, j'ose me reposer sur un homme qui m'apporte amour, protection et attention. Je suis mariée à un extraterrestre vivant à des milliards de kilomètres de la Terre et je me sens libre comme jamais. Libre d'être moi-même, de danser et rêver. Libre de tomber amoureuse et d'arrêter de me battre pour de l'argent, le respect, la survie. Des années de tension et de soucis se sont enfin envolées grâce au seigneur de guerre Atlan qui dort à mes côtés.

« Tu peux les enlever maintenant, » murmure Dax.

Je me fige. Je n'ai pas envie de les enlever ; ils font de moi sa partenaire. Je veux que personne ne puisse remettre notre lien en doute. Il est à moi. On m'aurait trompée ? Maintenant que sa fièvre de l'accouplement est retombée, il compte me rejeter ? Il pourrait vivre longtemps et heureux avec une femme Atlan docile. J'ai fait mon office ? Je ne serais donc rien qu'un moyen de parvenir à ses fins, pour être ensuite jetée comme un vieux mouchoir ?

Cette idée me fait l'effet d'un coup de poignard en plein cœur. Je l'aime de tout mon cœur, de tout mon corps. J'ai tout donné la nuit dernière, mon corps et mon âme et il est désormais trop tard pour revenir en arrière.

« Tourne-toi, Sarah. Je vais t'aider à les enlever.

– Je n'avais pas vu que t'étais réveillé, commentais-je en me détournant pour qu'il ne voit pas ma peine, mon trouble.

– Mmm. Ta respiration est différente. Tu es vexée. » Sa large main effleure la courbe de ma hanche et ma taille, comme s'il caressait un animal sauvage. « Qu'est ce qui te perturbe ? »

Je me pelotonne, lui tourne le dos, je n'ai pas envie de voir son visage, je serais incapable d'y lire un possible désintérêt, du regret. « Pas du tout. Rendors-toi. » Je peux tout aussi bien partir s'il n'a plus besoin de moi. Je finirai bien par trouver une personne qui m'enlèvera ces bracelets. Je les laisserai pour sa nouvelle épouse Atlan, la femme tranquille et sereine qu'il désire tant.

Sa caresse douce se mue en fessée, je pousse un cri et me tourne. « Tu es encore en train de me mentir. Je pensais pourtant avoir été clair. »

Déterminée à garder le semblant de dignité qui me reste, je réprime mes pleurs et contemple son beau visage. Il a l'air beaucoup plus détendu que quand je l'ai rencontré, il semble plus jeune, moins cruel. Il esquisse un sourire et se penche vers moi, m'embrasse tendrement, il finit par reculer et hausse les sourcils. « Tu vas finir par me dire ce qui te chagrine, à moins que tu ne veuilles une autre fessée ?

– Je—

– Je sais tout de toi, Sarah et tu sais tout de moi. Les époux n'ont pas de secrets entre eux. »

Je pointe mon doigt sur sa joue. « Une fille a forcément des secrets, » répliquais-je.

Il saisit mon poignet.

« Pas avec moi. Ce bracelet en est la preuve. Il t'a libérée de la coalition afin que tu puisses aller chercher ton frère et me suivre sur Atlan. Il nous a permis de rester ensemble jusqu'à ce que la fièvre tombe, que la bête soit sous contrôle jusqu'à ce qu'on soit enfin en sûreté pour que je puisse la libérer. Mais maintenant ... on n'en a plus besoin. »

Je le regarde d'un air interrogateur, surprise qu'il ait répondu à mes craintes. « Tu es en train de me dire que t'as plus besoin de *moi* ? » La douleur se propage de mon cœur à ma gorge, à ma tête, à mes yeux, mon regard se fait cruel. Les larmes me montent aux yeux et je ne peux m'empêcher de les laisser couler.

Dax se tourne sur son oreiller et lève une main pour attraper une larme du bout du doigt. « Femme, tu es vraiment cinglée. Je te l'ai répété maintes et maintes fois. Tu es ma partenaire. La mienne. Je te l'ai dit combien de fois la nuit passée ? Tu. Es. Mienne. Je ne t'abandonne pas. Je ne te demanderai jamais de partir. Jamais. Que tu portes les bracelets ou pas, tu es à moi. Pour toujours. Je suis amoureux de toi. Je ne te permettrai pas de te débarrasser de moi.

– Mais alors pourquoi … pourquoi tu veux que je les enlève ? »

Il pose ses grosses mains sur mes bracelets et les porte sur son cœur. « Je veux que tu restes auprès de moi parce que tu le souhaites, et non parce que les bracelets l'exigent. »

Ma grande bête aguerrie. Je prends son visage en coupe et souris, tout l'amour que j'éprouve pour lui brille dans mes yeux. « Je t'aime, Dax. Ça parait impossible en si peu de temps et pourtant c'est vrai. Je t'aime. Vu ce qu'on a fait la nuit dernière, n'aie crainte, je ne risque pas de partir. J'espère que la bête me sautera dessus... très prochainement. »

Il prend ma tête entre ses mains et m'embrasse très doucement, comme si nous avions des heures devant nous. Il finit par reculer, ses yeux luisent d'un éclat particulier que je ne lui ai jamais vu. « Il n'y a que ma bite qui t'intéresse ? » dit-il d'un air coquin.

« Mmm. J'aime tout en toi. » Je ravale ma peur et ma fierté et lui dis exactement le fond de ma pensée. « Et je veux garder les bracelets. »

Il écarquille les yeux de surprise. « Ça veut dire que tu comptes toujours rester près de moi, tu ne peux pas mener ta vie comme tu l'entends. Tu devras constamment être à mes côtés. »

Je hausse les épaules, j'essaie de faire comme si de rien n'était alors que je nage dans le bonheur. « Les époux Atlan ne font pas ça normalement ?

– Oui mais je ne pensais pas que tu serais d'accord.

– Tu veux pas que je reste près de toi ?

– Si. » Ce 'si' est un aveu, la sincérité cachée derrière ce simple mot me touche au plus haut point, je pleure, mais pour une toute autre raison.

J'effleure ses lèvres, je me fais aguicheuse en vain pour tenter de cacher l'émotion suscitée par sa promesse. « Cette grande méchante bête ne peut pas se passer de moi. »

Il monte sur moi et je m'allonge sur le dos, heureuse d'écarter les jambes, de sentir sa bite chaude palpiter. Il me cloue sur le lit, son membre raidi me pénètre lentement, mon corps se réveille, je suis chaude et mouillée. Profondément enfoncé en moi, il prend appui sur ses avant-bras afin que je puisse voir son visage, je contemple son regard sombre tandis qu'il m'empale lentement, il ondule en rythme, je soupire de plaisir, passe mes bras à son cou et mes jambes autour de ses hanches et l'attire contre moi.

« Dax, je crains que la bête ne constitue un terrible problème. Elle doit être domptée. »

Dax penche la tête et m'embrasse comme si j'étais la chose la plus précieuse au monde, il ouvre la bouche et je bois ses paroles.

« Non, partenaire, tu nous as déjà domptés, tous les deux. »

Lisez Accouplée aux Vikens ensuite!

Marchande d'art à New York, Sophia Antonelli a travaillé dur pour créer son entreprise, manque de chance, elle conclut un accord avec le milieu de la pègre. Les choses tournent au vinaigre et deux options s'offrent à elle : vingt-cinq ans de prison ou le Programme des Epouses Interstellaires. Le choix est facile mais Sophia apprend, sous le choc, qu'elle est désormais mariée à non pas un, mais trois guerriers Vikens.

Après dix années de combat contre la Ruche, Gunnar, Erik et Rolf sont désormais les gardes du Roi de Viken United. Conformément aux souhaits de la Reine, ils acceptent de se partager une épouse interstellaire. Ça ne devrait pas être bien compliqué, ces guerriers rompus aux arts de la guerre feront ménage à quatre. Mais leur future femme est kidnappée durant le transport.

Accidentellement prise pour cible par une organisation malveillante qui envisage d'assassiner la Reine Viken, Sophia refuse de se rendre, même à ses partenaires, pourtant là pour la protéger. Suite à son expérience malheureuse sur Terre, il est hors de question que quiconque détruise sa nouvelle vie. Sophia se met en danger pour dénoncer son ennemi ; les trois Viken vont tout mettre en œuvre pour leur nouvelle épouse et éradiquer la menace et la garder... pour toujours.

Lisez Accouplée aux Vikens ensuite!

OUVRAGES DE GRACE GOODWIN

Programme des Épouses Interstellaires

Domptée par Ses Partenaires

Son Partenaire Particulier

Possédée par ses partenaires

Accouplée aux guerriers

Prise par ses partenaires

Accouplée à la bête

Accouplée aux Vikens

Apprivoisée par la Bête

L'Enfant Secret de son Partenaire

La Fièvre d'Accouplement

Ses partenaires Viken

Combattre pour leur partenaire

Ses Partenaires de Rogue

Programme des Épouses Interstellaires: La Colonie

Soumise aux Cyborgs

Accouplée aux Cyborgs

Séduction Cyborg

Sa Bête Cyborg

Fièvre Cyborg

Cyborg Rebelle

ALSO BY GRACE GOODWIN

Interstellar Brides® Program

Assigned a Mate

Mated to the Warriors

Claimed by Her Mates

Taken by Her Mates

Mated to the Beast

Mastered by Her Mates

Tamed by the Beast

Mated to the Vikens

Her Mate's Secret Baby

Mating Fever

Her Viken Mates

Fighting For Their Mate

Her Rogue Mates

Claimed By The Vikens

The Commanders' Mate

Matched and Mated

Hunted

Viken Command

The Rebel and the Rogue

Interstellar Brides® Program: The Colony

Surrender to the Cyborgs

Mated to the Cyborgs

Cyborg Seduction

Her Cyborg Beast

Cyborg Fever

Rogue Cyborg

Cyborg's Secret Baby

Her Cyborg Warriors

Interstellar Brides® Program: The Virgins

The Alien's Mate

His Virgin Mate

Claiming His Virgin

His Virgin Bride

His Virgin Princess

Interstellar Brides® Program: Ascension Saga

Ascension Saga, book 1

Ascension Saga, book 2

Ascension Saga, book 3

Trinity: Ascension Saga - Volume 1

Ascension Saga, book 4

Ascension Saga, book 5

Ascension Saga, book 6

Faith: Ascension Saga - Volume 2

Ascension Saga, book 7

Ascension Saga, book 8

Ascension Saga, book 9

Destiny: Ascension Saga - Volume 3

Other Books

Their Conquered Bride

Wild Wolf Claiming: A Howl's Romance

CONTACTER GRACE GOODWIN

Vous pouvez contacter Grace Goodwin via son site internet, sa page Facebook, son compte Twitter, et son profil Goodreads via les liens suivants :

Abonnez-vous à ma liste de lecteurs VIP français ici :
bit.ly/GraceGoodwinFrance

Web :
https://gracegoodwin.com

Facebook :
https://www.visagebook.com/profile.php?id=100011365683986

Twitter :
https://twitter.com/luvgracegoodwin

Goodreads :
https://www.goodreads.com/author/show/15037285.Grace_Goodwin

Vous souhaitez rejoindre mon Équipe de Science-Fiction

pas si secrète que ça ? Des extraits, des premières de couverture et un aperçu du contenu en avant-première. Rejoignez le groupe Facebook et partagez des photos et des infos sympas (en anglais). INSCRIVEZ-VOUS ici :
http://bit.ly/SciFiSquad

À PROPOS DE GRACE

Grace Goodwin est journaliste à USA Today, mais c'est aussi une auteure de science-fiction et de romance paranormale reconnue mondialement, avec plus d'un MILLION de livres vendus. Les livres de Grace sont disponibles dans le monde entier dans de nombreuses langues en ebook, en livre relié ou encore sur les applications de lecture. Ce sont deux meilleures amies, l'une qui utilise la partie gauche de son cerveau et l'autre qui utilise la partie droite, qui constituent le duo d'écriture récompensé qu'est Grace Goodwin. Toutes les deux mamans, elles adorent faire des escape games, lire énormément, et défendre vaillamment leurs boissons chaudes préférées. (Apparemment, elles se disputent tous les jours pour savoir ce qui est le meilleur : le thé ou le café?) Grace adore recevoir des commentaires de ses lecteurs.

www.ingramcontent.com/pod-product-compliance
Lightning Source LLC
LaVergne TN
LVHW011819060526
838200LV00053B/3840